Titolo   Atenco

Aŭtoro   Julian Modest

Provlegis   Yves Nevelsteen

Kovrilfoto Willgard Krause

Eldonjaro   2021

Eldonejo   Eldonejo Libera

ISBN   978-1-6780-9618-2

JULIAN MODEST

ATENCO

romano, originale verkita en Esperanto

2021

Ĉiu simileco al ekzistantaj personoj kaj situacioj estas ŝajna.

1.

Li malrapide malfermis la okulojn. Kvazaŭ li estis sur la oceana fundo, regis profunda silento. Ĉirkaŭ li ĉio estis blanka: la plafono, la muroj, la fenestro, la pordo, la littuko. Iom post iom li konstatis, ke li estas en malsanuleja ĉambro sola. Eĉ eta bruo ne aŭdeblis. Li provis rememori kio okazis al li. Li streĉis sian memoron.

Jes. La tago estis suna. Li kaj Silvie iris sur la straton, rigardante la vitrinojn de la vendejoj. Estis multaj homoj. Subite io pikis lian dorson. Li tuj turnis sin. Juna virino rapide pasis preter lin, sed li ne vidis ŝian vizaĝon.

La pordo de la malsanuleja ĉambro malfermiĝis. Eniris juna flegistino.

-La malbono pasis. Ni savis vin. Vi vivos! – diris la flegistino.

Ŝi estis bela. Ŝiaj blankaj robo kaj kufo igis ŝin ĉarma. Ŝia hararo estis nigra, ŝiaj okuloj similis al brilaj olivoj kaj ŝia vizaĝo estis glata kiel porcelano. La flegistino rigardis lin kaj foriris.

Li ripetis la vortojn de la flegistino: "La malbono pasis. Ni savis vin. Vi vivos!" Ĉu li estis mortonta? Ĉu li estis antaŭ la fino de sia vivo?

Tra la fenestro eniris molaj sunradioj. La timo rampis en li kiel malvarma serpento. "Ĉu oni denove provos mortigi min? Eble oni jam scias, ke mi ne mortis, ke mi estas en malsanulejo."

La pordo malfermiĝis. Eniris kuracisto. Ĉirkaŭ kvindekjara, li estis alta kun densa bruna hararo kaj brunaj okuloj. Lia rigardo estis serioza. Haltinta ĉe la lito li diris:

-Venos polica komisaro por pridemandi vin.

La kuracisto diris nur tion kaj eliris.

5

Iu ekfrapetis ĉe la pordo. En la ĉambron eniris viro, kiu proksimiĝis al la lito. Lia hararo estis kiel seka pajlo kaj liaj bluaj okuloj havis akran rigardon. Vestita en helbruna kostumo, li surhavis buterkoloran ĉemizon kaj ruĝan kravaton. La viro prenis seĝon, eksidis kaj el la teko, kiun li portis, li prenis paperon kaj skribilon.

-Bonan tagon, sinjoro – salutis lin la viro.

Li ne respondis.

-Mia nomo estas Albert Nicolas – polica komisaro. Kie kaj kiel okazis la atenco kontraŭ vi? – la komisaro demandis tre malrapide.

-Sur la strato "St.-Louis".

-Ĉu vi vidis kiu pikis vin?

-Estis juna virino…

-Ĉu vi vidis ŝian vizaĝon?

-Ne.

-Iu deziris murdi vin. Kial?

-Mi ne scias.

-Ĉu vi havas malamikojn?

-Ne.

-Mi vidas, ke vi ne emas konversacii, sed mi venos denove – diris la komisaro. - Ĝis revido.

La komisaro ekstaris kaj foriris. Nun la suno pli forte lumigis la ĉambron.

2.

La telefono en la kabineto de Anton Silik eksonoris. Anton levis la aŭskultilon kaj aŭdis la voĉon de Demir Stamat – la direktoro de la Sekreta Servo.

-Silik, - diris la direktoro – venu al mi.

Anton ekstaris kaj iris el la ĉambro. La kabineto de la direktoro estis sur la tria etaĝo. Irante, Anton demandis sin kial la direktoro vokas lin. Ne tre ofte Demir Stamat telefonis al Anton. Kutime la sekretariino de Stamat telefonis al li. Anton malofte vidis la direktoron mem.

Ĉiun matenon Demir Stamat venis frue en la Sekreta Servo, antaŭ la oficistoj. Li estis silentema, rigora viro, kiu ordonis kaj postulis, ke la oficistoj rapide kaj precize plenumu la ordonojn. Kiam iu oficisto raportis pri la plenumita ordono, Demir Stamat atente aŭskultis kaj notis ion. Se la starigita tasko estis grava, Stamat postulis skriban raporton, kiun oni devis doni al la sekretariino. Poste li legis ĝin kaj vokis la oficiston, kiu skribis la raporton, por pridiskuti ĝin.

Nun Anton cerbumis kial Stamat vokis lin. Ja, Anton ne havis taskon, kiun li devis plenumi. Li ekfrapetis sur la pordo de la direktora kabineto.

-Bonvolu – diris la sekretariino.

Anton eniris. Sonja, la sekretariino, juna, dudekkvinjara kun belega blonda hararo kaj markoloraj okuloj nenion diris, nur ŝi montris al Anton la pordon de la direktora kabineto. Anton eniris. Stamat sidis ĉe la skribotablo. Kvindekjara larĝŝultra li havis hirtan nigran hararon, densajn brovojn, kurban nazon kaj peĉkolorajn okulojn.

-Bonan tagon, sinjoro direktoro – salutis Anton.

-Saluton – diris Stamat. – Sidiĝu!

Anton eksidis ĉe la granda tablo en la centro de la kabineto, ĉe kiu kutime sidis la estroj de la fakoj dum la kunsidoj. En la kabineto ne estis multaj mebloj, nur la skribotablo, la longa tablo, alta ŝranko kaj dek du seĝoj. Sur la helverdaj muroj estis nek pentraĵoj, nek portretoj. Stamat alrigardis Anton kaj ekparolis:

-Vi scias, ke Kiril Drag, nia spiono en Parizo, kiu agas kiel ĵurnalisto tie, devas baldaŭ pensiiĝi. Dum kelkaj jaroj li liveris valorajn sekretajn informojn kaj neniu tie supozis, ke li estas nia spiono.

-Jes – diris Anton.

7

-Nun ni bezonas iun, kiu anstataŭigu Drag. Estu juna energia viro, ĵurnalisto. Vi scias la kondiĉojn kaj la postulojn. Proponu iun, kiun vi bone esploru. Esploru liajn vivon, familion, lian socian konduton, karakteron...

-Jes.

-Kiam vi elektos la konvenan personon, vi raportu al mi – ordonis Stamat. – Vi scias, ke lia agado en Francio estas tre grava, tre respondeca kaj li devas esti fidinda persono.

-Jes, sinjoro direktoro – kapjesis Anton.

-Mi atendos vian raporton.

Anton ekstaris, diris "ĝis revido" kaj iris el la kabineto.

Stamat restis sidanta ĉe la skribotablo. Jam dudek jarojn Demir Stamat estis direktoro de la Sekreta Servo. Li naskiĝis en malgranda montara urbo kaj kiam li estis knabo, li revis esti armea piloto. Tio forte allogis lin. Flugi en la ĉielo estis miraklo. Demir imagis sin piloto kaj li antaŭvidis la admiron en la okuloj de belaj knabinoj. Tamen, kiam li finis gimnazion kaj kandidatis por la Armea Pilota Altlernejo, oni ne akceptis lin pro ia sanproblemo.

Demir fariĝis soldato, servis ĉe la landlimo, kie diligente li plenumis siajn devojn. Iun tagon la komandanto vokis Demiron kaj diris:

-Vi lernos en la kurso por armeaj spionoj.

La saman tagon la komandanto kaj Demir ekveturis aŭte al la kursejo, kiu troviĝis en malproksima arbaro. Estis granda areo, ĉirkaŭbarita per fera barilo. Soldatoj kun hundoj gardis ĝin. Ĉe la alta pordego videblis ŝildo: "Scienca Instituto. La eniro -malpermesita!" Sur alia ŝildo estis skribita: "Fotado estas malpermesita!"

La aŭto haltis antaŭ la pordego de la kursejo, kie du soldatoj kontrolis la legitimilojn de la komandanto kaj de Demir. Poste la pordego malfermiĝis kaj la aŭto eniris la korton, en kiu estis du trietaĝaj konstruaĵoj. La komandanto kaj Demir eniris en unu el la konstruaĵoj. En vasta kabineto renkontis ilin mezaĝa kolonelo, alta kun atleta korpo, klaraj bluaj okuloj kaj mallonge razita hararo.

-Estos nova kursano – diris la komandanto al la kolonelo. – Perfekta soldato li estas.

La kolonelo nenion diris. Li nur premis butonon kaj post kelkaj sekundoj en la kabineton eniris soldato.

-Akceptu la kursanon – diris la kolonelo al la soldato.

La soldato kaj Demir eliris. Demir rimarkis, ke en la kursejo oni ne menciis la nomojn, nek de la kolonelo, nek de la soldato.

De tiu tago Demir fariĝis kursano en la Kurso por Armeaj Spionoj. La instruado daŭris jaron. Post la fino de la instruado Demir enskribiĝis kiel studento en la Jura Fakultato de la universitato. Li finis juron kaj eklaboris en la Sekreta Servo. Post dek kvin jaroj li fariĝis direktoro de la Sekreta Servo.

Demir scipovis bone pritaksi homojn, rapide kompreni kiaj ili estas. Li logike rezonis kaj precize agis en streĉaj situacioj. Ĉiam li estis bonege informita kaj sciis ĉiujn detalojn pri siaj subuloj. La oficistoj en la Sekreta Servo miris kiel li tiel bone informiĝis pri ĉio, kio okazis en la oficejo kaj eksterlande, kie agis la spionoj.

La edzino de Demir, Eleonora, same estis juristino. Ŝi kaj Demir kune studis. Eleonora naskiĝis en modesta familio. Ŝia patro estis teknikisto kaj la patrino – flegistino. Jam kiel lernantino Eleonora estis diligenta kaj lernema. Dum la studado en la universitato ŝi rimarkis, ke Demir estas serioza kaj disciplinita. Li ne fumis cigaredojn, ne trinkis alkoholaĵojn, evitis la bruajn kompaniojn. Post la fino de la universitato Eleonora kaj Demir geedziĝis. Ili loĝis en la plej bela ĉefurba kvartalo, en strato, en kiu loĝas vicministroj kaj anoj de la registaro. Tamen, Eleonora kaj Demir ne multe kontaktis siajn najbarojn. Ilia filino, Petja, lernis en la franca gimnazio. Demir ege amis la filinon kaj deziris, ke ŝi studu en Francio. Demir

9

estis bone informita pri la ekonomio, scienco kaj kulturo de Francio. En la Sekreta Servo oni atente elektis la spionojn, kiuj agis en Francio. Nun oni devis trovi personon, kiu anstataŭigu Kirilon Dragon. La nova spiono devis perfekte paroli la francan lingvon kaj esti komunikema kaj entreprenema.

3.

Anton vekiĝis. Estis silento. En la kuirejo Marina, lia edzino, jam kuiris kafon kaj Anton flarsentis la agrablan kafaromon. Li ekstaris de la lito kaj iris en la banejon. En la spegulo Anton rigardis sin. Lia vizaĝo estis vangosta, la hararo helbruna, la okuloj – brunaj. La agrabla friska akvo vigligis lin. Anton meditis pri la taskoj, kiujn li devis plenumi dum la hodiaŭa labortago. Li devis pensi pri persono, kiu anstataŭu Kiril Drag en Parizo. En la Sekreta Servo estis nomaro kun personoj. Hieraŭ Anton atente trarigardis ĝin, sed neniu estis taŭga. La plimulto el ili estis aĝaj, aliaj ne parolis la francan lingvon, ne estis ĵurnalistoj. Kiam Anton havis tian taskon, li agis energie, simile al lupo, kiu persekutas predon.

Anton ŝatis sian laboron en la Sekreta Servo, kie li oficis jam dek jarojn. Kiam Anton eklaboris tie, li opiniis, ke li ne restos dum longa tempo. En la gimnazio li tre facile lernis fremdajn lingvojn kaj flue parolis la germanan, la francan, la anglan. Anton finis francan filologion en la universitato kaj estis ĉiĉerono. Dum li laboris kiel ĉiĉerono, li ofte ŝerce diris, ke fremdan lingvon oni plej facile lernas de belaj inoj.

Poste Anton fariĝis tradukisto en la Ministerio de Eksterlandaj Aferoj. Li konatiĝis kun Demir Stamat, kiu proponis al li eklabori en la Sekreta Servo. Anton tuj konsentis, ĉar tie lia salajro estos pli alta. Dume Anton edziĝis kaj la familio bezonis pli da mono. Marina, lia edzino, same studis kaj finis francan filologion kaj ŝi estis tradukistino en libroeldonejo.

Anton iris el la banejo, vestis sin kaj eniris la kuirejon.

-Bonan matenon – salutis li Marinan.

-Bonan matenon.

Marina, kiu estis du jarojn pli juna ol Anton, havis krispan nigran hararon kaj okulojn, kiuj similis al mirteloj. Ŝia vizaĝo estis iom ronda kaj ŝiaj brovoj – kiel du etaj komoj. Marina verŝis kafon en la tasojn kaj sidis ĉe la tablo apud Anton.

-Hodiaŭ pluvos – diris ŝi.

-Bedaŭrinde. Kiam pluvas mi ne havas bonhumoron – rigardis ŝin Anton. – Dum la pluvvetero kvazaŭ nuboj estas en mia animo.

-Oni diras, ke la maja pluvo estas ora por la kreskaĵoj – ridetis Marina.

-Eble. Kion vi faros hodiaŭ? – demandis li.

-Mi fintradukos la francan romanon – diris Marina.

Ĉiun matenon, post la matenmanĝo, ŝi eksidis antaŭ la tajpilo kaj tradukis. Marina havis rigoran tagordon. Posttagmeze ŝi iris en la eldonejon, kie ŝi redaktis librojn tradukitajn de aliaj tradukistoj.

-Hodiaŭ mi havos gravan renkontiĝon – diris Anton.

Neniam Marina demandis lin pri liaj okupoj. Ŝi sciis, ke lia laboro estas sekreta.

-Mi esperas, ke vi ne renkontiĝos kun virino – ekridetis Marina.

-Mia lasta renkontiĝo kun virino estis kun vi antaŭ nia geedziĝo – diris ŝerce Anton.

Anton kaj Marina havis dudekjaran familian vivon kaj filon, kiu studis juron. Anton ne povis imagi sian vivon sen Marina. Ŝi donis al li certecon kaj trankvilon. Anton memoris la tagon, kiam li konatiĝis kun Marina. Estis septembro. Li partoprenis en seminario, organizita de la Asocio de Tradukistoj. Kelkaj lektoroj prelegis pri la problemoj de la tradukoj de beletra literaturo, de teknikaj tekstoj, de juraj

11

tekstoj. Anton rimarkis junulinon, kiu sidis antaŭ li kaj ŝajne li iam vidis ŝin. Post la unuaj lekcioj estis kafopaŭzo. Anton provis rememori kiam kaj kie li vidis tiun ĉi junulinon kaj subite li rememoris, ke antaŭ kelkaj jaroj li vidis ŝin en la universitato. Foje tiam li staris antaŭ la tabulo, sur kiu oni skribis la datojn por la ekzamenoj. Al la tabulo proksimiĝis studentino, kiu demandis lin ĉu li havas skribilon kaj ŝi petis ĝin por transskribi la datojn por la ekzamenoj. Anton donis al ŝi sian skribilon kaj demandis ŝin ĉu ŝi studas francan filologion. "Jes – respondis la studentino."

Dum la kafopaŭzo Anton prenis kafotason kaj proksimiĝis al la junulino, kiu staris flanke de la aliaj partoprenantoj en la seminario.

-Saluton – diris li.

La junulino rigardis lin embarasite.

-Ni konas unu la alian – komencis Anton.

-Tio estas malnova maniero por alparoli virinon - diris la junulino.

-Jes. Estis malnova konatiĝo. Foje en la universitato vi petis de mi skribilon por transskribi la datojn por la ekzamenoj.

Tiam Marina rigardis lin kaj surprizite diris:

-Jes. Mi memoras. Nun mi rekonas vin.

Post la seminario, Anton kaj Marina komencis ofte rendevui. Post kelkaj monatoj ili geedziĝis.

-Ankoraŭ pluvas, sed mi devas ekiri – diris Anton.

-Mi deziras al vi sukcesan tagon.

Anton kisis Marinan, surmetis sian pluvmantelon kaj eliris.

4.

La oficeja kabineto de Anton ne estis granda, sed komforta. Kontraŭe al la pordo staris la skribotablo. Dekstre de ĝi estis ŝranko kun libroj kaj dokumentoj. Ĉe la ŝranko, sur la muro, pendis granda mapo de Eŭropo, sur kiu estis signitaj diversaj urboj, en kiuj agis spionoj. En la kabineto staris kafotablo kaj kvar foteloj. Sur la skribotablo videblis du fotoj: de Marina kaj de Velislav, la filo de Anton. Estis du telefonaparatoj. La unua – por la eksteraj telefonvokoj kaj la dua – por la oficejaj.

Anton levis la aŭskultilon de la telefonaparato por la eksteraj alvokoj kaj telefonis. Post sekundoj li aŭdis konatan voĉon.

-Saluton sinjoro profesoro – diris Anton. – Mi ŝatus renkontiĝi kun vi.

-Saluton.

-Kiam estus oportune? – demandis Anton.

-Hodiaŭ antaŭtagmeze – respondis la profesoro.

-Bone. Je la deka horo en kafejo "Primavero".

-Mi venos – diris la profesoro.

Teodor Spiridon, profesoro en fakultato "Ĵurnalistiko" en la universitato estis unu el la sekretaj kunlaborantoj de la Sekreta Servo.

Je la deka horo Anton iris en la kafejon "Primavero", kiu troviĝis proksime al la universitato. Li sidis, mendis kafon kaj ĉirkaŭrigardis. En la vasta kafejo kun separeoj kaj grandaj fenestroj al la strato estis ĉefe studentoj. Anton kutime renkontiĝis ĉi tie kun profesoro Spiridon, kiu havis la taskon observi la studentojn, kiujn li instruis, kaj informi pri iliaj socia agado kaj rilato al la politiko de la lando. Post la fino de la universitato iuj studentoj eklaboras en la redakcioj de ĵurnaloj kaj revuoj. Profesoro Spiridon donis pri ili referencojn.

Je la deka horo kaj kvin minutoj Teodor Spiridon eniris la kafejon. Li ĉiam venis kvin minutojn malfrue. Tio estis lia profesora kutimo. Spiridon paŝis malrapide al la tablo, ĉe kiu sidis Anton. Dika, kalva, okulvitra li havis nigrajn okulojn, similaj al bubalaj okuloj kaj etan, preskaŭ blankan barbon. Spiridon proksimiĝis al la tablo, ĉe kiu sidis Anton.

-Saluton – diris li.

-Saluton profesoro.

Peze spirante Spiridon eksidis. Ja, li estis pasia tabakfumanto.

-Kion vi trinkos? – demandis Anton

-Teon – respondis Spiridon.

Anton vokis la kelnerinon kaj mendis teon.

-Ĉu eble estas io grava? – demandis la profesoro.

-Jes.

Anton ne deziris perdi lian tempon kaj tuj komencis:

-Kiril Drag, la ĵurnalisto de la Novaĵagentejo, kiu nun estas en Parizo, post iom da tempo pensiiĝos. Ni bezonas anstataŭanton por li. Vi scias kia persono devas esti – bona ĵurnalisto, parolanta francan lingvon, fidinda.

-Jes.

-Gravas, ke li estu juna – aldonis Anton. – Proponu kelkajn. Ni decidos kiu estos.

La profesoro, ironie rigardanta Antonon, malrapide ekparolis:

-Vi instruas la estontajn spionojn en specialaj spionaj kursoj, vi malŝparas multe da ŝtata mono, sed la spiona agado de viaj spionoj eksterlande estas tute senutila. En la okcidenteŭropaj landoj ili pasigas senzorgajn jarojn. Tie ili nur amuziĝas, diboĉas kaj sendas al vi informojn, kiujn ili ĉerpas el la ĵurnaloj kaj revuoj. Vi tamen misopinias, ke ili sendas valorajn sekretajn informojn pri la ekonomio kaj industrio de la koncerna lando. Vi, kiuj oficas en la Sekreta Servo, estas tre naivaj.

Profesoro, tio ne estas via problemo – diris Anton iom kolere. – Vi devas nur proponi al ni nomojn de kelkaj ĵurnalistoj.

-Mi proponos, tamen pripensu miajn vortojn.

14

-Nek mi, nek vi decidas pri niaj spionoj en la okcidenteŭropaj landoj – diris Anton.

-Bone. Baldaŭ mi proponos kelkajn personojn – promesis Spiridon.

Anton pagis la kafon kaj la teon kaj ambaŭ iris el la kafejo. La profesoro ekis al la universitato. Li ne ŝatis plenumi la taskojn, kiujn Anton starigis al li. Tamen Teodor Spiridon ne havis alian eblon. Li dependis de la Sekreta Servo. Dank' al la Sekreta Servo li estas profesoro.

Teodor Spiridon devenis de malriĉa familio. Lia patro estis lokomotivestro kaj la patrino – kudristino. La familio loĝis en malgranda luita loĝejo. La laboro de la patro estis tre peza. Li veturis per la vagonaro al malproksimaj urboj kaj ofte li laboris nokte. Reveninte hejmen por malstreĉigi sin li trinkis brandon. Post fortrinko de du-tri glasoj da brando li ekdormis. Jam en la infaneco Teodor diris al si mem, ke li ne estos lokomotivestro, nek ordinara laboristo. Li lernis obstine, fariĝis studento. Teodor revis instrui en la universitato. Aktive li agis en la Studenta Organizo kaj kiam oni proponis al li kunlabori en la Sekreta Servo, tuj li akceptis. Dank' al la Sekreta Servo li fariĝis profesoro. Nun, post tiom da jaroj, Spiridon estis laca. Li ne deziris plu kunlabori kun la Sekreta Servo, tamen ne eblis demisii. Ofte li diris al si mem: "Mi estas profesoro, sed ordinaraj oficistoj el la Sekreta Servo starigas al mi taskojn, kiujn mi devas plenumi. Ridinde, humilige!" Li tamen plenumis la taskojn. Ja, li ne deziris kompliki sian vivon.

5.

La mateno estis serena. Eĉ unu nubo ne videblis sur la ĉielo, kiu bluis kiel senfina lago. La arboj sur la bulvardo kvazaŭ estis vestitaj en verdaj bluzoj. La asfaltitaj stratoj, lavitaj de la nokta pluvo, brilis kiel nigraj speguloj. La aero freŝis.

En griza kostumo kaj helblua ĉemizo sen kravato Anton iris sur la bulvardo "Respubliko" al la kafejo "Primavero", kie li denove renkontiĝos kun profesoro Teodor Spiridon. Ĉimatene Anton havis bonegan humuron. Li deziris longe senzorge promenadi sur la vasta bulvardo sub la verdaj kaŝtanarboj. Proksime al la universitato estis granda urba parko, kiu en tiu ĉi matena horo silente dormis. Anton deziris esti en ĝi, ĝui la florojn, sidi sur benko ĉe la eta parka lago, rigardi ĝian arĝentan surfacon sur kiu ludas la matenaj sunradioj.

Eble profesoro Spiridon pravis, meditis Anton. Ĉu necesas varbi spionojn? Kial spioni en la okcidenteŭropaj landoj? Kial necesas scii iliajn sekretajn planojn? Tamen Eŭropo estas dividita. Post 1945, post la Dua Mondmilito, komenciĝis nova – "Malvarma Milito". Komenciĝis spionado kaj embusko. Estas spionoj, sed oni ne scias kaj ne certas al kiu ĝuste ili servas, aŭ eble ili servas kaj al orientaj kaj al okcidentaj eŭropaj landoj.

La landoj senĉese elspezas monon, fortojn por varbi spionojn. La tasko de Anton estas varbi spionojn. Li elektas ilin, priesploras ilin. Li provas enpenetri en iliajn karakterojn, kompreni iliajn pozitivajn kaj negativajn trajtojn, pritaksi ĉu ili kapablas plenumi la sekretajn taskojn. Anton sciis, ke ĉiu homo estas eta kosmo, kiun Anton strebas bone ekkoni. Li devas enrigardi en la plej kaŝitajn angulojn de la homaj animoj.

Dum la jaroj Anton konstatis, ke li priesploris ne nur la spionojn, sed same sin mem, li senĉese analizis siajn pensojn, sentojn kaj li komparis ilin al la pensoj kaj sentoj de la estontaj spionoj.

En la kafejo "Primavero" estis nur kelkaj studentoj, kiuj trinkis kafon antaŭ la komenciĝo de la studhoroj. Profesoro Spiridon sidis ĉe tablo en malproksima angulo. Anton tuj rimarkis lin. Hodiaŭ la profesoro venis pli frue. Li surhavis novan bluan kostumon, blankan ĉemizon kaj ĉerizkoloran kravaton. Spiridon trinkis kafon kaj fumis sian pipon, rigardanta tra la fenestro al la bulvardo.

-Bonan matenon, profesoro – salutis lin Anton.

-Bonan matenon. Hodiaŭ mi regalos vin – diris Spiridon. – Ĉu vi trinkos kafon?

-Jes.

Spiridon vokis la kelnerinon kaj mendis du kafojn.

-Dankon – diris Anton.

-La tasko estas plenumita – diris la profesoro, en kies voĉo denove aŭdeblis ironio.

Anton bone komprenis, ke la profesoro ne ŝatas, ke iu ordonu al li kaj starigu al li taskojn.

Venis la kelnerino, kiu servis la kafojn. Dudekjara, iom diketa ŝi havis blondan hararon kaj ŝia vizaĝo estis forte ŝminkita.

-Ĉu vi trinkos duan kafon? – demandis Anton.

-Nokte mi laboris kaj nun mi estas iom laca.

Spiridon atendis, ke la kelnerino foriru kaj li prenis el sia teko liston.

-Jen – diris li. – Mi skribis la nomojn de tri personoj. La unua estas Vasil Solan, sperta ĵurnalisto, tridekkvinjara, li laboras en la Novaĵagentejo. La dua – Dragan Harlan – ĵurnalisto en la Nacia Radio. Li finis ĵurnalistikon antaŭ tri jaroj. Bona ĵurnalisto, sed ne tre bone li parolas la francan lingvon. Espereble en Francio li rapide perfektigos la lingvon. La tria estas Emil Bel. En la monato junio li finos la universitaton. Tre bona studento, flue parolas la francan lingvon. Vi tamen devas pritaksi kiu el ili plej taŭgas. Mi skribis indikojn por ĉiu el ili.

-Dankon, profesoro – diris Anton.

-Ne sufiĉas diri nur "dankon" – rigardis lin ruzete Spiridon.

-Jes, baldaŭ mi invitos vin vespermanĝi en la restoracio "Bonaero".

-Mi scivolas kiun el la tri personoj vi elektos. Mi certas, ke vi elektos la plej taŭgan.

-Mi klopodos – diris Anton.

-Havu sukceson! – deziris al li la profesoro. – Mi ekiras nun, la studentoj atendas min. Tie, kontraŭe al ni, sidas studentino mia, kiu tre insiste rigardas min. Eble ŝi deziras flirti kun mi?

-Mi telefonos al vi kaj mi diros kiam ni manĝos en la restoracio "Bonaero". Ĝis revido.

Spiridon iris al la pordo. Anton prenis la liston, kiu estis sur la tablo, faldis ĝin kaj metis ĝin en la poŝon de sia jako. Nun Anton devis atente priesplori tri virojn kaj decidi kiu el ili veturu al Parizo. Estis severaj postuloj pri la esploro de la estontaj spionoj.

Anton ekstaris kaj ekiris. Dum momento li rigardis la kelnerinon, ŝian belan vizaĝon kaj ĉielbluajn okulojn. Tamen al Anton ne plaĉis ŝminkitaj virinoj. Bone, ke lia edzino Marina ne ŝminkas sin.

6.

Anton iris al la Novaĵagentejo, kie laboris Vasil Solan. La trietaĝa konstruaĵo troviĝis proksime al la Nacia Banko. Ĝia fasado estis helflava kaj ĝiaj grandaj fenestroj rigardis al vasta placo. Anton eniris. La pordisto, kiu bone konis lin, afable salutis lin. Anton iris al la dua etaĝo kaj frapetis ĉe la pordo de la "Registrejo de la Personaro".

-Bonvolu.

Anton eniris. La oficistino tuj ekstaris kaj salutis lin.

-Bonan tagon, sinjoro Silik. Mi ĝojas vidi vin.

-Saluton Marian – diris Anton. – Denove mi venas ofice kaj kiel ĉiam mia tasko ĉi tie estas konfidenca.

Kvardekjara, Marian estis svelta, ne tre alta kun helaj brunaj okuloj, ĉarma rideto kaj blankaj dentoj kiel perloj.

18

-Kompreneble – diris ŝi. - Delonge mi scias tion.

-Mi bezonas informojn pri la ĵurnalisto Vasil Solan – diris Anton.

-Ĉu Vasil Solan? Kio okazis al li? – demandis Marian.

-Nenio. Mi nur devas informiĝi pli bone pri li.

-Tuj mi donos al vi la dosieron de Solan.

Marian malŝlosis grandan ŝrankon, kie estis la dosieroj de la ĵurnalistoj, laborantaj en la Novaĵagentejo, kaj ŝi donis la dosieron de Vasil Solan al Anton, kiu sidis ĉe la tablo kaj komencis trafoliumi ĝin.

Sur la unua paĝo estis foto de Vasil Solan. Li havis densan nigran hararon, nigrajn okulojn kaj lipharojn. Anton komencis legi lian biografion. Vasil Solan naskiĝis la 20-an de novembro 1924 en urbo Lipovan. Li finis gimnazion, poste ĵurnalistikon en la ĉefurbo. Lia patro estis direktoro de la gimnazio en Lipovan kaj lia patrino – instruistino. Kiam li estis studento, Vasil Solan aktive agis en la Studenta Organizo. En la dosiero estis anonima letero, en kiu oni skribis, ke la patro de Vasil Solan antaŭ la Dua Mondmilito estis kontraŭ la agado de la laborista partio en la lando. Anton dufoje tralegis tiun ĉi leteron. Unu el la kondiĉoj pri la estontaj spionoj estis, ke ili devenu el familioj, lojalaj al la laborista partio. Anton decidis ekscii pli da informoj pri Vasil Solan. El la dosiero li transskribis nomojn kaj adresojn de amikoj kaj konatoj de Vasil Solan. Anton fermis la dosieron kaj redonis ĝin al Marian.

-Dankon – diris Anton. – Eble baldaŭ mi denove venos.

-Ĉiam vi estos bonvena – ekridetis Marian.

Post la Novaĵagentejo Anton ekiris al la redaktejo de ĵurnalo "Patrolando". Estis varma posttagmezo. Li demetis sian jakon, portis ĝin mane kaj piediris sur la strato "Blanka Monto", poste li daŭrigis sur la strato "Tilioj", sur kiu vere estis tilioj, kaj li haltis antaŭ la redaktejo de ĵurnalo

19

"Patrolando". Ĝi troviĝis sur la kvina etaĝo de la konstruaĵo. Anton supreniris kaj eniris vastan vestiblon, kie sur unu el la pordoj videblis surskribo "Reporteroj".

En granda ĉambro estis kelkaj skribotabloj, tri viroj kaj virino. Anton salutis ilin kaj demandis:

-Bonan tagon. Kiu estas Ivan Stan?

Malalta, dika viro ekstaris de la skribotablo kaj surprizita diris:

-Estas mi. Kial vi bezonas min?

-Mi ŝatus paroli kun vi

La viro mire rigardis al Anton.

-Estus bone, se ni ne parolu ĉi tie. Ni ne ĝenu viajn kolegojn – diris Anton.

Sendezire la viro iris kun Anton al la pordo kaj ambaŭ eliris. En la vestiblo Anton montris al li sian ofican legitimilon.

-Sinjoro Stan, mi estas Anton Silik – diris li – el la Sekreta Servo. Mi ŝatus paroli kun vi konfidence.

Tiuj ĉi vortoj timigis Ivanon Stanon kaj li komencis rapide palpebrumi.

-Pri kio temas? – balbutis li.

-Estu trankvila. Prefere ni iru en la proksiman kafejon.

Embarasite, Ivan Stan iris kun Anton. Sur la strato "Tilioj" estis malgranda kafejo, kien ili eniris kaj sidis ĉe tablo. Anton mendis kafojn.

-Mi ŝatus demandi vin pri Vasil Solan – malrapide komencis Anton. – Vi estis kunstudentoj, amikoj. Dum la studado ambaŭ loĝis en luita loĝejo. Do, vi bonege konas lin.

-Jes – diris Ivan jam pli trankvile. – Vasil estis bona studento. Li studis diligente kaj havis bonajn notojn. Post la fino de la universitato li fariĝis ĵurnalisto en sia naska urbo Lipovan. Poste li eklaboris en la ĉefurbo.

-Dum vi studis, kiuj estis la konatoj kaj la amikoj de Vasil Solan? – demandis Anton.

-Li ne havis multajn amikojn.

20

-Ĉu vi konas liajn gepatrojn? – demandis Anton.

-Jes, foje mi gastis ĉe li en Lipovan kaj mi konatiĝis kun liaj gepatroj.

-Kion vi opinias pri ili?

-Mi ne bone konas ilin, sed mi havis la impreson, ke ili estas honestaj.

-Ĉu hazarde la patro de Vasil Solan ne esprimis antaŭ vi ian negativan opinion pri la nuna registaro de la lando?

-Tute ne. Tiam ni preskaŭ ne konversaciis – diris Ivan

-Ĉu Vasil Solan partoprenis en la Studenta Organizo?

-Jes kaj ŝajnis al mi, ke jam tiam li estis karieristo. Li strebis per sia aktiva partopreno en la Studenta Organizo eklabori en iu granda ĉefurba ĵurnalo. Poste dank' al sia partopreno en la laborista partio li fariĝis ĵurnalisto en la Novaĵagentejo.

Anton tuj konkludis, ke Vasil Solan strebas al altaj postenoj.

-Ĉu vi kutimas renkontiĝi kun li? – demandis Anton.

-Jam de kelkaj jaroj ni ne vidas unu la alian – respondis Ivan. – Kiam Vasil eklaboris en la Novaĵagentejo, li komencis konduti kiel granda ĵurnalisto kaj li rapide forgesis siajn malnovajn amikojn. Krom tio lia edzino estas filino de la direktoro de la industria entrepreno "Naftaj Produktoj" kaj la familio de Vasil evitas kontakti ordinarajn homojn. Nun por Vasil tre gravas la mono, la lukso, la alta oficposteno.

-Dankon, sinjoro Stan – diris Anton.

Ambaŭ forlasis la kafejon kaj Ivan Stan ekiris al la redaktejo.

Anton reiris al la oficejo de la Sekreta Servo. Li eniris sian kabineton, kroĉis la jakon sur la vestohoko kaj eksidis ĉe la skribotablo. Vasil Solan strebas al alta salajro, al multe da mono, al alta posteno. Ja, tio estas tute nature. La ĵurnalistoj, kiuj laboras en la Novaĵagentejo, havas altajn salajrojn. Eble li ne hazarde edziĝis al la filino de fama direktoro. Ja, por li la mono gravas. Tio estas bone por ni.

7.

Dragan Harlan laboris por la Nacia Radio. Pri li la profesoro Spiridon diris, ke li estas bona ĵurnalisto, sed ne bone parolas la francan lingvon.

Anton iris al la redakciejo de la "Aktualaj Novaĵoj" de la Nacia Radio. La kabineto de la ĉefredaktoro, Pavel Dol, estis vasta kaj luksa. Dol, ĉirkaŭ sesdekjara, havis hararon blankan kiel kotono kaj helgrizajn okulojn. Lia nazo estis iom granda kaj liaj lipoj similis al pala strio.

-Kion vi volas? – demandis Dol ne tre afable, sen ekstari ĉe la skribotablo, kiam Anton eniris la kabineton.

Anton montris al li sian ofican legitimilon.

-Mi estas Anton Silik – oficisto de la Sekreta Servo.

Kiam Pavel Dol aŭdis tiujn ĉi vortojn, li tuj ekstaris, kvazaŭ salte, etendis manon al Anton kaj diris:

-Bonan venon, sinjoro Silik.

Pavel Dol bone sciis, ke oficisto de la Sekreta Servo ne venas hazarde en la redakcion. Verŝajne estas ia serioza politika problemo kaj tiu ĉi supozo ege maltrankviligis Pavelon Dolon. Eble iu el la ĵurnalistoj de la redakcio misagis politike. Eble iu eldiris ion kontraŭ la ŝtato aŭ kontraŭ la laborista partio kaj nun sekvos severaj punoj, supozis Dol.

-Pri kio temas, sinjoro Silik? – nun tre afable kaj serveme demandis Dol.

-Mi ŝatus informojn pri via kolego Dragan Harlan – diris Anton.

-Kial? – timeme rigardis lin Dol.

-Tio estas sekreto – respondis Anton.

-Mi komprenas. Pardonu min.

Dol staris antaŭ Anton kiel lernanto antaŭ severa instruisto, kaj li pretis tuj plenumi ĉiujn ordonojn de Anton.

-Kia ĵurnalisto estas Dragan Harlan? – demandis Anton.

-Bona ĵurnalisto - respondis Dol. – Malgraŭ ke li estas juna, li aktive laboras, detale informas pri ĉiuj aktualaj novaĵoj. Ĉiam li sukcesas esti la unua sur la loko de la eventoj. Li havas talenton antaŭvidi kio okazos.

Anton atente aŭskultis Pavelon Dolon. Evidente Dragan Harlan estis sperta ĵurnalisto kaj Pavel Dol estis kontenta pri lia ĵurnalista laboro.

-Tamen – Dol hezite diris – estas eta problemo.

Anton levis la kapon kaj fiksrigardis lin.

-Kia problemo?

-Harlan ŝatas trinki alkoholaĵojn.

Anton ne atendis aŭdi tion.

-Jes. Okazis, ke fojfoje dum tuta nokto li trinkis, diboĉis kaj la sekvan matenon li venis ĉi tien laca. Tamen li estas bona ĵurnalisto kaj mi pardonas tion al li.

-Dankon, sinjoro Dol – diris Anton.

La trinkado estas malbona kutimo, meditis Anton. Tia homo povas facile fiaski.

-Dankon – ripetis Anton. – Mi ne havas aliajn demandojn. Ĝis revido.

-Ĝis revido, sinjoro Silik – diris Dol kaj klinis la kapon estime.

Anton foriris de la Nacia Radio kaj ekis al la tramhaltejo. Ne estas facile trovi konvenan personon, meditis li. Ĉiu homo havas kaj pozitivajn, kaj negativajn trajtojn. Oni povus bone instrui la spionojn, sed ne eblas ŝanĝi iliajn karakterojn. La postuloj pri la spionoj estas multaj. Ili devas esti inteligentaj, saĝaj, sagacaj, komunikemaj, ili ne havu malvirtojn. Krom tio ili estu belaspektaj kaj ili povu facile kontakti kun nekonataj homoj. Preskaŭ ne eblas trovi tian personon. Tamen, kiam iu persono havas malvirtojn, oni facile manipulas lin. Tion ni povus uzi.

Anton sciis, ke Demir Stamat, la direktoro de la Sekreta Servo, postulas, ke la spiono-ĵurnalisto en Parizo estu tre bona. Por Demir Stamat Francio estis ege grava. La agado de la spionoj en Bonno, Bruselo, Vaŝingtono same estis grava. Tie same devis esti bonaj spionoj, sed laŭ Stamat, Parizo estas la centro de la monda diplomatio.

Bedaŭrinde ankaŭ Dragan Harlan falis de la listo. Anton forstrekis lian nomon, tamen Anton ne certis, ĉu Emil Bel konvenos. Ja, li estis la plej juna, ankoraŭ studento.

8.

Emil revis fariĝi fama, havi prestiĝan postenon. Kiel ĉiuj junaj homoj li strebis al gloro. Tamen li devis trairi longan kaj malfacilan vojon. Kiam li estis lernanto, li lernis obstine. Li deziris esti la plej bona lernanto. Tio ne estis malfacile, ĉar liaj samklasanoj estis infanoj de laboristoj. Ja, la kvartalo, en kiu Emil loĝis, estis laborista kvartalo. Tie troviĝis grandaj uzinoj kaj fabrikoj. Estis du teksfabrikoj, fabriko pri vitro, meblofabriko, farmacia fabriko… En la fabrikoj laboris homoj, venintaj el la proksimaj vilaĝoj. Post la milito multaj homoj forlasis siajn vilaĝojn kaj venis en la ĉefurbon loĝi kaj labori. La gepatroj de Emil ne laboris en fabriko. Lia patro estis kontisto en libroeldonejo kaj la patrino – akuŝistino.

Tiam la vivo de la loĝantoj en la kvartalo estis monotona. Vespere, post la labortago, la viroj iris en drinkejon, kie ili pasigis kelkajn horojn. Emil ne kutimis ludi kun la najbaraj infanoj. Li preferis esti hejme kaj legi. La patrino ofte diris al li:

-Vi devas multe lerni. Estu perfekta lernanto! Kiam vi plenaĝos, vi forlasu tiun ĉi kvartalon de ebriuloj kaj sentaŭguloj!

24

La patrino de Emil revis pri pli bona vivo. Ŝi deziris, ke la domo estu pli granda, pli bela, sed ili estis malriĉaj. La salajroj de ŝi kaj de la patro estis malgrandaj.

Emil havis la ambicion forlasi la kvartalon, fariĝi fama ĵurnalisto, sed li ofte rememoris malagrablan travivaĵon el sia infaneco, kiu tiam ĉagrenis lin kaj igis lin esti pli obstina.

Estis somero. Li kun sia patrino veturis vagonare al la urbo Lazur, kie loĝis lia onklino, fratino de la patrino. En la kupeo estis familio, kies filino sidis kontraŭe al Emil. Lin ravis la beleco de la knabino. Ŝia krispa hararo havis koloron de maturaj maronoj. Ŝiaj okuloj estis kiel veluro kaj ŝia vizaĝo platene brilis. Emil ne kuraĝis alparoli ŝin. Li tre deziris demandi kiel ŝi nomiĝas, kie ŝi lernas. La knabino iris en la koridoron de la vagono kaj Emil tuj iris post ŝi. Ŝi haltis ĉe la fenestro.

-Kien vi veturas? – demandis li ŝin.

-Al Lazur – respondis la knabino.

Verŝajne ŝi atendis, ke Emil alparolos ŝin.

-Ni somerumos en la ripozejo de Scienca Akademio, kie laboras paĉjo. Li estas profesoro – diris ŝi.

-Kiel vi nomiĝas? – demandis Emil

-Lilia, kaj vi?

-Emil. Mi same veturas al Lazur – diris li. – Tie loĝas mia onklino. Ĉu iun tagon ni renkontiĝu en Lazur?

-Eblas – diris Lilia.

-Ĉu vi loĝas en Stublen? – demandis Emil.

-Jes.

-En kiu lernejo vi lernas?

-Mi estas en la unua klaso de la germana gimnazio – respondis Lilia.

-Ankaŭ mi estas en la unua gimnazia klaso.

Emil sciis, ke en la germana gimnazio lernas la infanoj de diplomatoj, universitataj profesoroj, famaj politikistoj.

-Iun tagon mi venos en la ripozejon de la Scienca Akademio renkontiĝi kun vi – diris Emil.

-Bone – ekridetis Lilia. – La ripozejo estas sur la mara bordo. Ĝi videblas de malproksime. Multetaĝa, blanka konstruaĵo.

La vagonaro alvenis en Lazur. Emil kaj Lilia disiĝis. Ĉe la stacidomo la gepatroj de Lilia eniris taksion. Emil kaj la patrino iris al la bushaltejo.

Post du tagoj Emil iris en la ripozejon de la Scienca Akademio. Li ege deziris vidi Lilia. Eniranta la korton de la ripozejo, Emil pripensis kion demandi pri la gepatroj de Lilia kaj pri ŝi, sed subite li rimarkis ŝin. Lilia sidis sur benko kaj legis libron. Emil proksimiĝis al ŝi.

-Saluton – diris li.

Lilia levis la kapon, alrigardis lin kaj ekridetis.

-Vi venis!

-Jes.

Emil eksidis ĉe ŝi.

-Kion vi legas? – demandis li.

-La romanon "Don Quijote de la Mancha" de Miguel de Cervantes. Ni lernos ĝin kaj dum la somero mi devas tralegi ĝin.

Ili parolis pri la lernejo, pri la lernobjektoj. Lilia diris, ke jam de la infaneco ŝi lernas la germanan lingvon.

-Mi ŝatus studi medicinon en Germanio – aldonis ŝi. – Kion vi deziras studi?

-Ĵurnalistikon – respondis Emil. – Tamen mi scias, ke la akceptoekzamenoj estas malfacilaj.

Kelkfoje Lilia kaj Emil renkontiĝis. Ili promenadis en la apudmara parko.

-Ĉu ni renkontiĝu en Stublen? – demandis Emil

-Kompreneble. Kie vi loĝas?

Emil diris al ŝi kie li loĝas.

Lilia rigardis lin mire.

-Ho, vi loĝas en la laborista kvartalo – diris ŝi kaj ŝia voĉo eksonis elreviĝe.

Lilia donis al Emil sian hejman telefonnumeron. En Stublen Emil telefonis al ŝi, sed ĉiam ŝia patrino levis la telefonaŭskultilon kaj diris, ke Lilia ne estas hejme. Finfine la patrino diris al Emil iom malĝentile:

-Ne telefonu plu. Lilia ne deziras paroli kun vi.

Tiuj ĉi vortoj vipis Emilon. Li sentis akran doloron. Li ĉesis telefoni kaj neniam plu li vidis Lilian. Tamen en Emil ekbrulis la ambicio fariĝi fama, konata, ke oni estimu lin.

Nun Emil studis ĵurnalistikon, verkis artikolojn, intervjuis famajn personojn. Liaj artikoloj kaj reporteraĵoj aperis en diversaj ĵurnaloj kaj revuoj. Ofte iu lia amiko aŭ konato diris al li: "Mi legas viajn artikolojn, ili plaĉas al mi." Tiuj ĉi vortoj donis al Emil flugilojn kaj li pli obstine verkis. Ofte Emil veturis al diversaj urboj por verki reporteraĵojn.

9.

La tago estis suna varmeta. En la komenco de la monato majo, la arboj similis al verdaj ombreloj kaj la ĉielo estis kiel blua silka tolo. Emil iris en la redaktejon de la ĵurnalo "Vespera Kuriero". En la koridoro de la redaktejo li vidis la redaktoron Panajot Rod, kvardekjara viro kun blonda hararo kaj ŝtalkoloraj okuloj.

-Saluton, Emil – diris Panajot.

-Saluton.

-Ĉu bone prosperas via studado?

-Jes.

-Mi vidas, ke ankaŭ via ĵurnalista agado estas sukcesa.

-Mi klopodas – diris Emil.

-Ni ricevis leteron de la loĝantoj en la urbo Brest. Ili protestas kontraŭ la konstruado de akvobaraĵo ĉe la urbo.

Bonvolu veturi al Brest, kompreni kial la loĝantoj protestas kaj verku artikolon.

-Bone – diris Emil. – Morgaŭ mi ekveturos.

-La protesta letero estas subskribita de multaj urbanoj, sed unu el ili estas Dan Polen, direktoro de la arkeologia muzeo en Brest. Unue parolu kun li – diris Panajot.

La sekvan tagon frumatene Emil ekveturis al Brest. La veturado per trajno daŭris tri horojn. Emil sidis en la kupeo, rigardis tra la fenestro la vastan kampon, kies verdeco similis al senlima maro. Malproksime restis la brua ĉefurbo, la polvaj stratoj, la tramoj, la aŭtoj.

La stacidomo de la urbo Brest estis malgranda, certe konstruita en la pasinta jarcento. Iam flavkolora, nun ĝi aspektis helbruna. Ĉe la enirejo videblis granda murhorloĝo. Sur la kajo maljunuloj kun valizoj kaj sakoj atendis vagonaron. Emil iris al la placo, antaŭ la stacidomo. Ĉe la bushaltejo staris kelkaj homoj. Venis buso, Emil eniris ĝin kaj demandis viron kie troviĝas la arkeologia muzeo. La viro klarigis al Emil ĉe kiu haltejo li devas descendi.

La urbo ne estis granda kaj post tri haltejoj Emil eliris la buson. Kontraŭe al la haltejo estis la arkeologia muzeo, duetaĝa konstruaĵo en baroka stilo. Emil eniris. Antaŭ li ekstaris pordisto, maljunulo, eble sesdekkvinjara, blankharara kun okuloj, similaj al okuloj de testudo.

-Sinjoro, eble vi deziras trarigardi la muzeon? – demandis la pordisto. – La biletkaso estas maldekstre.

Emil montris al li sian ĵurnalistan legitimilon.

-Mi estas Emil Bel, ĵurnalisto de ĵurnalo "Vespera Kuriero" – diris li. – Mi ŝatus konversacii kun la direktoro de la muzeo.

-Bonvolu iri al la dua etaĝo. Tie estas la kabineto de la direktoro – klarigis la pordisto.

Emil iris al la dua etaĝo kaj frapetis ĉe la pordo de la direktora kabineto. Aŭdiĝis agrabla ina voĉo.

-Bonvolu.

Emil eniris. Ĉe skribotablo, kontraŭe al la pordo, sidis juna simpatia virino – la sekretariino de la direktoro. En ŝiaj grandaj malhelverdaj okuloj videblis miro. Ŝia hararo estis ruĝa. Laŭ la modo la virinoj farbis siajn harojn ruĝaj.

-Kion vi bonvolas? – demandis la sekretariino.

-Mi estas Emil Bel, ĵurnalisto. Mi ŝatus konversacii kun sinjoro Dan Polen rilate la leteron, kiun ni ricevis ĉe la ĵurnalo "Vespera Kuriero" pri la konstruado de la akvobaraĵo ĉe la urbo.

-Jes -- ekridetis la sekretariino. – Bonvolu, sinjoro Polen atendas vin.

Emil eniris. En la kabineto de la direktoro estis skribotablo, longa tablo, seĝoj, vitra ŝranko kun diversaj eksponaĵoj: argilaj teleroj, antikvaj feraj iloj, arĝentaj ornamaĵoj… La direktoro tuj ekstaris kaj salutis Emilon.

-Bonan venon, sinjoro Bel. La redaktoro Panajot Rod telefonis al mi kaj diris, ke vi venos.

Dan Polen, tridekjara, havis nigran hararon kaj kaŝtankolorajn okulojn. Lia kostumo estis grizkolora, la ĉemizo – blanka, la kravato – blua.

-Ni, la loĝantoj de la urbo – komencis klarigi Polen – bone komprenas, ke la akvobaraĵo estas bezonata, sed la loko, kie oni konstruas ĝin, ne estas bone elektita. Tie troviĝas malnova preĝejo de la deksepa jarcento, kiu estas arkeologia monumento. Oni detruos la preĝejon kaj ĝiaj restaĵoj estos en la akvobaraĵo. La loko estas ligita al la historio de la urbo. En la Mezepoko tie troviĝis antikva urbo kaj nun tie estas arkeologiaj prifosaĵoj. Jam dek jarojn ni esploras tiun ĉi lokon. Post la konstruo de la akvobaraĵo ĉio tie malaperos.

-Mi komprenas – diris Emil, - sed kion vi, la loĝantoj de la urbo, proponas?

29

-Ni proponis, ke la akvobarajo estu konstruita okcidente de la urbo, tamen la inĝenieroj ne akceptis nian proponon. Laŭ ili, se la akvobarajo estus okcidente de la urbo, la konstruado estus pli multekosta, ĉar la distanco de tie ĝis la urbo estas pli longa – klarigis Polen.

-Mi ŝatus vidi la lokon, kie oni konstruos la akvobarajon – diris Emil.

-Tuj ni iros – proponis la direktoro.

Ambaŭ iris el la muzeo kaj per buso veturis al la orienta rando de la urbo. Ĉe la lasta bushaltejo ili descendis. Videblis pinarbaro kaj granda valo, en kiu estis preĝejo. En ĝia korto - floroj kaj fruktarboj. Ĉirkaŭ la preĝejo estis arkeologiaj prifosaĵoj.

-Ĉi tie ni trovis tre valorajn antikvajn aĵojn – diris Dan Polen. – Vidu – kaj li montris al alia flanko de la valo. - Tie la fosmaŝinoj jam fosas por la akvobarajo.

Emil rigardis tien.

-Mi esperas, ke vi verkos argumentitan artikolon kaj vi klarigos kial ni, la loĝantoj de urbo Brest, estas kontraŭ la konstruado de la akvobarajo ĉi tie – diris Polen.

Li kaj Emil iris al la korto de la preĝejo. Polen malfermis la grandan lignan pordon kaj ili eniris la preĝejon. Ene regis duonmallumo. Kelkaj kandeloj brulis kun feblaj flamoj. Emil kvazaŭ enpaŝis la deksepan jarcenton. Io mistika kaj impona vualis lin. Ĉu oni vere detruos tiun ĉi unikan preĝejon, tiun ĉi historian monumenton? Eble onin ne interesas la historio, la pasinteco, la kulturaj heredaĵoj. Pli facile estas detrui ol konstrui. Tamen popolo, kiu ne havas pasintecon, ne havos estontecon. La preĝejo malaperos. Ĉi tie estos grandega akvobarajo kaj estonte neniu scios, ke ĉi tie estis antikva preĝejo.

Dan Polen kaj Emil disiĝis. Emil ekiris al la stacidomo. En la vagonaro li pripensis kiel verki la artikolon. Li devis uzi fortajn argumentojn kaj pruvi, ke la preĝejo ne devas esti detruita.

Malfrue posttagmeze Emil revenis hejmen. Velin, lia patro, sidanta en la korto de la domo ĉe la ligna tablo, sub la vitlaŭbo, levis la kapon, rigardis Emilon kaj demandis:
-Kie vi estis? La tutan tagon mi ne vidis vin.
-Mi estis en la urbo Brest.
Velin miris, li deprenis siajn okulvitrojn, atendante aŭdi kion Emil faris en urbo Brest.
-Neniam antaŭe vi estis tie – diris Velin.
Velin same neniam estis en tiu ĉi urbo. Li sciis, ke Brest troviĝas sude de la ĉefurbo kaj en ĝi estas fabriko por produktado de papero kaj altlernejo por instruistoj en la bazaj lernejoj.
-Mi devas verki artikolon – diris Emil.
-Veturante, verkante artikolojn vi perdas vian tempon – diris Velin. - Estus pli bone studi, legi. Kian artikolon vi verkos?
Emil rakontis al li pri la akvobaraĵo, pri la antikva preĝejo.
-Via artikolo ne savos la preĝejon – diris Velin. – Neniu tralegos la artikolon. Oni konstruos la akvobaraĵon kaj la preĝejo malaperos.
-Mi vekos la atenton de tiuj, kiuj ordonis la konstruon de la akvobaraĵo – diris Emil.
-Ne estu naiva – ekridetis la patro.
Velin estis saĝa viro. Kvardekkvinjara, korpulenta kun preskaŭ blanka, sed densa hararo, li havis grizkolorajn okulojn. Velin bone sciis, ke la ĵurnaloj kaj la revuoj plenumas propagandan celon. Sur iliaj paĝoj estas nur artikoloj pri la sukcesoj de la ekonomio, industrio kaj agrikulturo, tamen la indikoj en tiuj ĉi artikoloj estis falsaj. Neniam en la ĵurnaloj kaj en la revuoj aperis kritikaj artikoloj. La ĵurnalistoj ne kuraĝis

publikigi la realajn faktojn. Velin sciis, ke Emil estas idealisto, kiu kredas, ke ekzistas justeco.

Emil eniris sian ĉambron, eksidis ĉe la skribotablo kaj komencis verki la artikolon. Li skribis rapide. Jam en la vagonaro li pripensis kiel esprimi ĉion, kiel klarigi, ke oni devas ne konstrui la akvobaraĵon tie, kie troviĝas unika historia monumento.

10.

Matene Emil iris en la redaktejon de la "Vespera Kuriero" por doni la artikolon al Panajot Rod. La redaktejo troviĝis en malnova kvinetaĝa konstruaĵo en la centro de la urbo. Antaŭ la milito ĝi estis policejo. Emil eniris la malhelan koridoron. Ĉio ene estis malnova – la ŝtuparo, la pordoj de la ĉambroj, la farbo de la muroj. Emil iris al la kvara etaĝo, al la kabineto de Panajot. Sur la bruna pordo estis ŝildeto "Panajot Rod – redaktoro". Emil eniris. Panajot sidis ĉe la skribotablo, ĉe la fenestro. En la ĉambro estis ankoraŭ unu skribotablo, sed ĉe ĝi estis neniu.

-Saluton. Bonan venon – diris Panajot. – Ĉu vi portas la artikolon?

-Jes.

-Mi tuj tralegos ĝin. Sidu ĉe tiu skribotablo kaj atendu – diris Panajot kaj montris la najbaran skribotablon.

Emil eksidis, prenis numeron de "Vespera Kuriero" kaj komencis trafoliumi ĝin. Panajot eklegis la artikolon. De tempo al tempo Emil rigardis lin. Kiam Panajot finis la legadon, li levis la kapon kaj diris:

-Vi verkis la artikolon, sed…

Panajot eksilentis. Emil ne havis paciencon aŭdi lian opinion.

-Sed – daŭrigis Panajot – la akvobaraĵo pli necesas al la homoj. Gravas, ke oni havu akvon. Ni ne bezonas preĝejojn, sed akvobaraĵojn.

-Tamen ni bezonas havi pasintecon – reagis Emil. – Popolo, kiu ne havas pasintecon, ne havos estonton!

-Jes. Tamen via artikolo ne aperos en la ĵurnalo – diris Panajot.

-Bone! Redonu ĝin al mi!

Emil prenis la artikolon kaj ekiris al la pordo.

-Mi bedaŭras – diris Panajot. – Mi opiniis, ke vi verkos artikolon, per kiu vi konvinkos la loĝantojn de urbo Brest, ke ili pli bezonas akvobaraĵon.

Emil eliris. Li estis konvinkita, ke li devas verki tion, kion li opinias, tion, kio estas vero kaj helpos al la homoj.

11.

Anton renkontiĝis kun universitataj profesoroj de Emil, kun liaj studentoj. Anton eksciis, ke Emil estas diligenta studento, serioza, komunikema. Emil devenis de modesta familio. Lia patro estis kontisto kaj lia patrino – akuŝistino. Gravis, ke la gepatroj de Emil estis laboremaj, honestaj homoj. Oni diris al Anton, ke Emil aperigis multajn artikolojn, reporteraĵojn en diversaj ĵurnaloj kaj revuoj. Liaj artikoloj ofte aperis en la ĵurnalo "Vespera Kuriero", tre populara ĵurnalo, kiun Anton ŝatis de tempo al tempo aĉeti kaj legi.

La "Vespera Kuriero", aperanta vespere je la dekoka horo, havis interesajn rubrikojn. En ĝi estis intervjuoj kun famaj personoj – sciencistoj, verkistoj, artistoj, kantistoj, rakontoj de konataj verkistoj, alloga sporta rubriko.

La redakciejo de la "Vespera Kuriero" troviĝis proksime al la teatro "Odeon". Anton iris tien kaj estis kvazaŭ li trafis sin en abelujo. En granda salono estis ĵurnalistoj, redaktoroj, korektantoj, klakis tajpmaŝinoj. Iuj personoj eniris, aliaj eliris. Anton proksimiĝis al junulino, kiu legis iun manuskripton, kaj demandis ŝin:

-Mi petas pardonon. Kie estas la kabineto de la redaktoro Panajot Rod?

-Sur la kvara etaĝo – diris la junulino.

Anton iris al la kvara etaĝo. En la kabineto estis kvardekjara viro kun blonda hararo. Anton prezentis sin.

-Kion vi opinias pri via kunlaboranto Emil Bel? – demandis li.

Panajot Rod surpriziĝis. Li ne atendis, ke oficisto de la Sekreta Servo demandos lin pri Emil. Tamen Rod ne kuraĝis demandi kial Anton interesiĝas pri Emil Bel.

-Emil estas laborema, obstina junulo – komencis Panajot. – Jam de tri jaroj li aktive kunlaboras al nia "Vespera Kuriero". Li jam estas sufiĉe sperta ĵurnalisto. Emil verkas reporteraĵojn, faras intervjuojn kun elstaraj personoj.

-Vi jam bone konas lin, ĉu ne?

-Kiel mi diris jam de tri jaroj mi konas lin kaj ofte ni renkontiĝas, konversacias – diris Panajot.

-Kiu laŭ vi estas lia plej pozitiva karaktera trajto?

-Tre preciza li estas kaj ĉiam ĝustatempe li verkas artikolojn. Li tamen havas sian opinion pri la problemoj kaj ĉiam li arde defendas sian starpunkton. Tio laŭ mi estas bona trajto de ĵurnalisto.

Anton dankis al Panajot Rod kaj foriris.

12.

Anton atendis, ke Demir Stamat baldaŭ vokos lin raporti pri la anstataŭanto de Kiril Drag en Parizo, sed Anton ankoraŭ ne estis preta raporti.

Iu ekfrapetis ĉe la pordo de la kabineto.

-Bonvolu - diris Anton.

34

Eniris lia kolego Demen Nik, kiu respondecis pri la orienteŭropaj landoj.

-Saluton Anton – diris Demen.

Demen estis pli aĝa ol Anton, preskaŭ sesdekjara. Alta, magra li havis kuntiritajn brovojn kaj etajn malicajn okulojn. Antaŭ ol eklabori en la Sekreta Servo. Demen estis kolonelo en la armeo. Poste tri jarojn li oficis kiel armea ataŝeo en ambasadorejo en iu araba lando.

Anton rigardis lin, atendante aŭdi kial Demen venis. Demen eksidis en fotelon ĉe la kafotablo kaj demandis:

-Kiel vi fartas? Kiel prosperas via laboro?

Anton bone sciis, ke eĉ al siaj kolegoj li ne devas diri kion li laboras. En la Sekreta Servo ĉio estis sekreto.

-La laboro prosperas – respondis Anton kurte.

Kompreneble Demen ne atendis, ke Anton diros al li pri kio li okupiĝas. Demen nur iomete ridis.

-Mi eksciis, ke vi serĉas anstataŭanton de Kirl Drag en Parizo – diris Demen.

Anton silentis.

-Mi povus helpi vin – daŭrigis Demen.

Anton denove nenion diris. Post eta paŭzo Demen malrapide ekparolis:

-Mia nevo estas tridekjara. Li havas familion, kaj du infanojn. Al li mi devas trovi pli bonan, pli alte pagitan laboron. La ofico en Parizo estos tre bona al li.

Anton rigardis lin mire. Tute li ne atendis, ke Demen venis pledi por sia nevo.

-Ĉu li estas ĵurnalisto? – demandis Anton.

-Ne. Inĝeniero.

-En Parizo devas esti ĵurnalisto.

Demen orgojle ekridetis.

-Ne ŝercu. Ni ambaŭ scias, ke tio estas nur kamuflaĵo. Ni sendas en Parizon ĵurnaliston, kiu fakte estas spiono – okulsignis ruzete Demen.

35

Anton denove nenion diris.

-Mia nevo estas tre saĝa. Li bonege plenumos ĉiujn taskojn. Krome ni scias, ke niaj spionoj en Francio ne havas multe da laboro.

-Vi eraras – diris Anton.

-Pripensu. Mia nevo estas tre taŭga. Jen lia biografio. Tralegu ĝin kaj raportu pri li al la direktoro – ordone diris Demen.

Li lasis sur la kafotablon folion kaj ekiris al la pordo. Antaŭ la pordo Demen haltis kaj diris:

-Mi dece dankos al vi. Mi ne forgesas miajn amikojn, ĉefe tiujn, kiuj helpis al mi.

Demen multalude rigardis Anton.

-Mi deziras al vi sukceson. Post la raporto al la direktoro, telefonu al mi – aldonis Demen.

Kiam Demen eliris, Anton prenis la folion, faldis ĝin kaj metis ĝin en sian poŝon. Por iuj homoj ĉio estas tre facila, diris al si mem Anton. La nevo de Demen deziras altan salajron kaj laboron en Parizo. Eble la nevo opinias, ke labori en Parizo estas agrabla amuzo. Tage li senzorge promenados, la noktojn li pasigos en la parizaj trinkejoj. La konversacio kun Demen kolerigis Antonon.

13.

La kafejo "Vieno" troviĝis ĉe la operejo. Estis luksa kafejo, kiun vizitis ĉefe maljunuloj. Anton malofte venis ĉi tien, sed kiam li devis sekrete renkonti iun, li preferis la kafejon "Vieno". En tiu ĉi posttagmezo la kafejo estis preskaŭ malplena. Ie-tie ĉe la tabloj sidis kelkaj maljunuloj kaj Anton tuj konstatis, ke iuj el ili havas ĉi tie sekretajn amrendevuojn.

Anton estis ĉe tablo kontraŭe al la enirejo. En la kafejo kvarteto ludis agrablan vienan valson, kies melodio estigis ravan atmosferon. Sur la muroj pendis fotoj de Vieno kaj ĉiu, kiu estis ĉi tie, havis la impreson, ke li aŭ ŝi troviĝas en la belega aŭstra ĉefurbo.

La brakhorloĝo de Anton montris, ke post du minutoj estos la kvina horo. Roza ĉiam venis ĝustatempe. Jen, je la kvina horo ŝi eniris la kafejon. Dudekkvinjara Roza havis brunan longan hararon kaj verdajn okulojn, kiuj sorĉis la virojn. La ruĝa robo bonege emfazis ŝian harmonian korpon. Roza surhavis blankajn ŝuojn kun altaj kalkanumoj. Malrapide ŝi proksimiĝis al la tablo, ĉe kiu sidis Anton. Kelkaj viroj en la kafejo turnis sin, rigardantaj ŝin kiel malsataj lupoj kun flamantaj okuloj. Roza eksidis ĉe Anton kaj demandis:

-Kio okazis?

Li ne rapidis respondi. Per gesto Anton vokis la kelneron kaj mendis kafojn kaj mineralan akvon.

En la Sekreta Servo Roza plenumis specialajn taskojn, kiujn la viroj ne sukcesis plenumi. Ŝiaj beleco kaj ĉarmo estis bonegaj iloj por ŝia sekreta agado.

-Ĉu? – Roza demande alrigardis Antonon per siaj profundaj verdaj okuloj.

-Mi iom hezitis ĉu mi petu vian helpon – diris Anton, – sed finfine mi decidis. Vi devas konatiĝi kun juna viro. Dank' al via ina intuicio vi rapide konstatos kia li estas.

-Kiel mi konatiĝu kun li? – demandis Roza.

-Li estas studento, studas ĵurnalistikon. Ofte li kontribuas per reporteraĵoj kaj intervjuoj al la "Vespera Kuriero". Provizore vi eklaboros en la "Vespera Kuriero" kiel staĝanta ĵurnalistino kaj en la redakcio de la ĵurnalo vi konatiĝos kun li. Lia nomo estas Emil Bel.

-Ĉu vi havas lian foton? – demandis Roza.

Anton prenis el sia teko foton de Emil kaj montris ĝin al Roza.

-Li estas simpatia – diris ŝi. – Serioza modesta junulo li aspektas.

-Bonvolu ekscii ĉu li kutimas trinki alkoholaĵon, ĉu li estas diboĉulo aŭ riskema, flirtema, parolema persono...

-Jes, klare.

-Mi scias, ke tion vi plenumos perfekte. Nur ne enamiĝu al li – ekridetis Anton.

-Vi ŝercas. En mia laboro ne estas emocioj - alrigardis lin serioze Roza. – Kiam mi devas eklabori en "Vespera Kuriero"?

-Mi aranĝis tion kun la ĉefredaktoro kaj morgaŭ vi estu en la redakciejo. La redakcianoj jam scias, ke ili havos novan koleginon.

-Bone.

-Mi dankas, dezirante al vi sukceson – diris Anton kaj ekstaris por foriri.

Roza havis talenton, ŝi spertis tre rapide trovi vojon al la viroj. Senerare ŝi divenis ĉu iu viro estas saĝa, ruza, inteligenta, flirtema; kio lin logas, kion li preferas.

14.

Matene Emil vekiĝis frue, iris en la banejon kaj dum li staris sub la duŝo, li planis sian hodiaŭan tagon. Li devis verki recenzon pri la teatra spektaklo "Hamleto", kiun li spektis hieraŭ vespere en la Nacia Teatro.

Emil iris el la banejo, vestis sin, kuiris kafon kaj matenmanĝis. Dum la matenmanĝo li pensis pri la enhavo de la recenzo. Hieraŭ vespere en la teatro estis multaj famaj personoj. Estis la premiero de "Hamleto" kaj inter la spektantoj videblis la ministro de kulturo, verkistoj, aktoroj, ĵurnalistoj el diversaj ĵurnaloj kaj revuoj. Dum la interakta paŭzo Emil vidis ĉe la teatra bufedo profesoron Teodor Spiridon, kiu estis kun sia bela, juna edzino. Elegante vestita, ŝi havis brilajn nigrajn okulojn kaj longan orecan hararon. Unuan fojon Emil vidis ŝin kaj li supozis, ke eble ŝi estis studentino de la profesoro. Emil

38

ne deziris ĝeni ilin, sed Spiridon alrigardis lin kaj Emil rapidis tuj saluti lin.

-Saluton, sinjoro profesoro.

-Saluton, Emil – afable respondis Spiridon. – Mi prezentu al vi mian edzinon – diris li.

La edzino de la profesoro etendis manon al Emil.

-Eva Spiridon – diris ŝi.

-Ĉu al vi plaĉas la spektaklo? – demandis la profesoro al Emil.

-Jes – respondis Emil. – Mi devas verki recenzon por la "Vespera Kuriero".

-Tre bone – diris Spiridon. – Mi ofte legas viajn informojn, intervjuojn, reporteraĵojn. Vi tre bone verkas.

Tiuj ĉi vortoj de profesoro Spiridon agrable varmigis Emilon. Antaŭ du monatoj la profesoro ekzamenis Emilon kaj donis al li perfektan noton, sed Emil ne supozis, ke Spiridon legas liajn ĵurnalistajn verkojn.

Aŭdiĝis la sonorilo, kiu anoncis la komencon de la dua teatra akto.

Nun Emil denove rememoris la mallongan konversacion kun profesoro Spiridon en la teatro. Emil finmatenmanĝis, fortrinkis la kafon kaj iris en sian ĉambron por verki la recenzon. Hodiaŭ antaŭtagmeze li devis doni ĝin al Neden, redaktoro de la "Vespera Kuriero".

Emil kontribuis al la ĉefurbaj revuoj kaj ĵurnaloj, sed post monato li finos la universitaton. Estis leĝo laŭ kiu ĉiu diplomita studento, kiu finas universitaton, devas kelkajn jarojn devige loĝi kaj labori en provinca urbo.

"En kiun urbon oni sendos min? - demandis sin Emil." Eble ĝi estos en montaro, kie estas sola tagĵurnalo, en kiu aperas sensignifaj novaĵoj el la urbo kaj el la regiono. Similaj provincaj urboj estas kaŝitaj en la montaro kaj en ili okazas nenio interesa. En la redakcio de tia ĵurnalo, kies titolo ordinare estas "Tagiĝo" aŭ "Nova Tago" laboras nur du aŭ tri ĵurnalistoj, kiuj enuas kaj iliaj tagoj pasas malrapide, simile al vagonaro, rampanta sur montodeklivo.

Emil revis labori en granda ĉefurba ĵurnalo. Li deziris ĉiam esti en la centro de la okazaĵoj, lia laboro estu interesa, emociiga. Li ne deziris loĝi en malgranda provinca urbo, kie preskaŭ nenio okazas. Tamen iu devis rekomendi lin, por ke li laboru en ĉefurba ĵurnalo.

Ordinare en la ĉefurbaj ĵurnaloj, revuoj, en la Nacia Radio, en la Novaĵagentejo laboris junaj ĵurnalistoj, kies gepatroj estis elstaraj agantoj de la laborista partio. Por ili ĉiam estis bonaj laborlokoj kaj altaj salajroj. Junajn ĵurnalistojn, kies gepatroj ne estis anoj de la laborista partio, oni sendis en la provincajn urbojn, kie ili laboris kaj loĝis forgesitaj de ĉiuj. Tie ilia vivo pasis tede.

15.

Proksimiĝis la sesa horo vespere kaj en la urba parko preskaŭ ne videblis homoj. Nur de tempo al tempo pasis maljunuloj, kiuj malrapide promenadis. Anton sidis sur benko antaŭ fontano, ĉe kiu estis bedo kun rozoj. Dekstre estis infana ludejo kun glitiloj, balanciloj, sed ne estis infanoj. Nun sidanta Anton similis al viro, kiu venis ĉi tien iom ripozi, ĝui la silenton kaj trankvilon post la streĉa labortago.

Anton ŝatis de tempo al tempo veni en la parkon kaj ĉi tie ordigi siajn pensojn. La silento, la verdeco, la floroj trankviligis lin. Kiam la vetero estis bona Anton renkontiĝis ĉi tie kun siaj konatoj kaj amikoj. Nun li atendis Rozan. Ŝi devis veni kaj diri al li pri Emil.

De malproksime Anton vidis Rozan. Ŝi surhavis blankan robon ne tre longan. Hodiaŭ Roza aspektis pli juna kaj pli bela. Ŝi venis kaj sidis ĉe Anton.

-Saluton – ekridetis ŝi kaj ŝiaj verdaj okuloj eklumis.

-Saluton – diris Anton. – Kio okazis?

-Vi ne dubas, ke ĉio bone okazis, ĉu? - ruzete alrigardis lin Roza. – Mi konatiĝis kun Emil Bel. La redaktoro Panajot Rod prezentis min al li, dirante, ke mi estas staĝanta ĵurnalistino. Mi petis Emil helpi min pri la ĵurnalista praktiko. Tio kompreneble flatis lin.

-Vi bonege agis – iom ironie rimarkis Anton.

-Kelkfoje ni renkontiĝis. Oni tuj povas konstati, ke Emil estas laborema – daŭrigis Roza. –Lin ne interesas la mono. Li strebas al gloro.

-Ĉu? – miris Anton.

-Jes. Li deziras esti fama ĵurnalisto.

- Ni uzos tiun ĉi lian inklinon – diris Anton.

-Viroj estas diversaj – daŭrigis Roza kaj alrigardis Anton. – Iuj strebas al mono, aliaj – al gloro, triaj – al potenco, iuj – al virinoj…

-Ĉu li provis amindumi vin?

-Ne. Li kondutis al mi kiel instruisto al lernantino. Li detale klarigis al mi kiel verki informojn, intervjuojn… Dum li parolis, mi sentis emon ridi, ĉar por mi tio estis ludo, sed li rilatis tre serioze. Li tute ne supozis, ke mi ekzamenas lin. Emil vere kredis, ke mi estas staĝanta ĵurnalistino.

-Kie vi renkontiĝis? – demandis Anton.

-Dufoje ni estis en eta kafejo, proksime al la placo "Renesanco". Tie la kafo estas malmultekosta. Emil insistis regali min, sed mi ne permesis kaj mi pagis la kafojn. Ja, li estas studento, li ne havas multe da mono. Kiam mi pagis la kafojn, li ŝajnigis sin ofendita.

- Ĉu Emil havas amatinon? Tio same gravas por ni. – demandis Anton.

-Ŝajne ne. Kiam viro havas amatinon, tio videblas.

-Kompreneble oni ne povas ekkoni iun nur de kelkaj interparoloj – diris Anton, – sed mi deziras scii vian opinion pri Emil.

41

-Laŭ mia unua impreso li estas serioza junulo, disciplinita, respondeca kaj li povus plenumi la spionajn taskojn.

- Dankon – dirs Anton. – Mi scias, ke vi havas talenton pritaksi homojn kaj vi preskaŭ ne eraras.

Roza vere kapablis rapide pritaksi homojn. Ŝi ne havis superan klerecon, sed ŝi bonege plenumis siajn taskojn en la Sekreta Servo. Roza naskiĝis en familio de kuracistoj. Ŝiaj gepatroj laboris en la plej granda ĉefurba malsanulejo. La patro estis kirurgo kaj la patrino - okulkuracistino. Kiam Roza estis infano ŝi ne tre ŝatis lerni. Unue ŝi komencis studi juron, sed ŝi ne sukcesis fini ĝin. Poste ŝi studis en la Sporta Altlernejo, en la fakultato "naĝado". Ŝi finis ĝin, sed ne laboris kiel naĝadtrejnistino. Ŝi eklaboris en la Sekreta Servo kaj tie montriĝis ŝia talento.

Anton ekstaris de la benko.

-Ĝis revido.

-Ĝis revido – diris Roza.

Anton ekiris al la elirejo de la parko. Estas malfacile ekkoni iun, meditis Anton. Oni povas dum jaroj vivi kun iu kaj ne kompreni kia li estas, kion li ŝatas, kiel li agos en diversaj situacioj, kiel li pensas kaj meditas. Ĉiu homo estas kosmo, en kiun ege malfacile eblas penetri.

La ĉefa labortasko de Anton estis bone ekkoni la homojn, kiujn oni devis varbi por spionoj. Nun Anton intencis proponi, ke Emil estu la spiono en Parizo, sed Anton iom hezitis. Ĉu Emil Bel povus plenumi la taskojn? Tiu ĉi demando maltrankviligis Antonon. Jam plurfoje li varbis spionojn, tamen ĝis nun li ne varbis tian junan viron kiel Emil. Junuloj ne havas sperton, sed ili estas energiaj, sagacaj, entreprenemaj. Anton devis ĉion bone pripensi.

16.

Demir Stamat levis la kapon, alrigardis Antonon kaj la rigardo de liaj nigraj okuloj kvazaŭ bruligus lin.

-Raportu – malrapide diris Stamat.

La buŝo de Anton sekis, sed li traglutis kaj ekparolis:

-Profesoro Teodor Spiridon proponis tri ĵurnalistojn. Mi priesploris ilin kaj elektis unu el ili – Emil Bel. Jen lia dosiero.

Anton donis al Stamat la dosieron pri Emil. La direktoro prenis kaj komencis trafoliumi ĝin per siaj dikaj fingroj. Korpulenta, larĝŝultra Stamat similis al urso. Lia osteca vizaĝo estis kvazaŭ ĉizita el granito. Li havis grandan nazon kaj akran mentonon, kiu aludis pri spitemo. La moda grizkolora kostumo ne kaŝis lian provincan devenon. Kelkajn minutojn Stamat trafoliumis la dosieron, legis tekstopartojn en ĝi. Poste li metis la dosieron sur la skribotablon kaj ne tre kontente alrigardis Antonon.

-Ĉu tiun ĉi ĵurnaliston vi proponas?

-Jes – respondis Anton.

-Ja, li estas ankoraŭ bubo – ekridetis acidmiene Stamat. – Ĉu li sukcesos plenumi la taskojn?

-Li estas saĝa, sagaca, perfekte parolas la francan lingvon – klarigis Anton. – Mi kredas, ke li akceptos la postenon.

-Silik, – ekridetis ironie la direktoro – ni ne demandas ĉu oni akceptos aŭ ne akceptos. Ni elektas personojn, kiuj estas taŭgaj plenumi gravajn ŝtatajn taskojn. Tio estas ilia devo! Neniu demandas la junulojn ĉu ili deziras esti soldatoj. En nia lando la soldatservo estas deviga.

-Jes, sinjoro direktoro – diris Anton.

-En la dosiero mi vidas, ke Emil Bel verkis artikolojn, reporteraĵojn…– diris Stamat.

-Jes. Li jam havas ĵurnalistan sperton.

-Kia estas lia familio?

-Liaj gepatroj ne membras en la laborista partio, sed ili estas honestaj. La patro estas kontisto, la patrino – akuŝistino.

-Tio estas bone. Honestaj gepatroj, junulo ĵurnalisto, kiu bonege parolas francan lingvon, sed la laboro en Parizo estas serioza – diris Stamat.

-Jes.

-La Malvarma Milito ne estas infana ludo, Silik. – Stamat eksilentis por momento kaj poste daŭrigis. – Je la du flankoj de la "Fera Kurteno" ni konstante gvatas unu la alian. Tie ili deziras scii ĉion pri ni kaj ĉi tie – ni pri ili. Ili havas spertajn spionojn. Ni same devas havi spertajn spionojn. En la nuna mondo, Silik, plej gravas la ekvilibro. Ni kaj ili estas konkurenculoj. Kion vi opinias? Ĉu tiu ĉi junulo povus sperte agi? Ĉu vi povus kompari lin al la francaj spionoj?

-Li estas ambicia, diligenta - ripetis Anton.

-Do, ni esperu, ke vi ne eraras – diris Stamat. - Mi detale tralegos lian dosieron.

Anton ekstaris por foriri.

-Ĝis revido, sinjoro direktoro – diris Anton kaj iris el la kabineto de Stamat.

Stamat malfermis la dosieron kaj komencis malrapide legi. Oni skribis, ke Emil Bel estas komunikema kaj facile amikiĝas. Tio ege gravis. En Parizo li devis konatiĝi kun diversaj personoj, el kiuj li ĉerpu la necesajn informojn. En la dosiero estis foto de Emil – simpatia junulo kun krispa nigra hararo kaj nigraj brilaj okuloj, kies rigardo radiis sincerecon. Stamat legis, ke Emil Bel estas ambicia, laborema, idealisto. "Baldaŭ li komprenos, ke en la vivo plej gravas ne la idealoj, sed la mono – diris Stamat. – Vane iu estas laborema idealisto, tamen sen mono ne eblas vivi."

Demir rememoris, ke kiam li mem estis juna, li same estis idealisto. Li laboris diligente, obstine, sed tiam li ricevis severan lecionon. Kiam li eklaboris en la Sekreta Servo, li estis tre aktiva, sed foje la tiama direktoro, Spiro Mil, malalta viro kun akra nazo kaj okuloj, kiuj havis marĉan koloron, diris al li:

-Demir, kion vi celas? Ĉu vi deziras okupi mian postenon? Ĉu tial vi estas tre aktiva? Tamen memoru bone: dum mi vivas, vi ne fariĝos direktoro! Pli verŝajne vi baldaŭ ne plu estos ĉi tie!

Demir Stamat ne forgesis tiujn ĉi vortojn de la tiama direktoro.

Li turnis sin, rigardis al la fenestro kaj fermis la dosieron de Emil Bel.

17.

Restoracio "Bonaero", unu el la plej luksaj restoracioj en la ĉefurbo, troviĝis proksime al la granda stadiono. Anton kaj profesoro Spiridon sidis ĉe tablo, apud la fenestro. Estis la oka horo vespere kaj en la urbo ankoraŭ estis bruo. Pasis homoj, veturis aŭtoj, busoj.

-Profesoro, – diris Anton – mi promesis kaj jen ni estas en la restoracio "Bonaero".

-Jes – ridetis la profesoro – fojfoje vi plenumas viajn promesojn. Tamen mi konjektas, ke vi havos novan peton al mi.

Profesoro Spiridon ĉiam suspektis, ke oni petos lin pri io. Kiam li estis juna, li havis multe da amikoj. Tamen iuj el ili forpasis, aliaj forgesis lin. Nun estis nur tiuj, kiuj deziris de li ion. Iuj pruntepetis de li monon, aliaj deziris de li referencojn por pli bone pagitaj postenoj.

-Mi proponas, ke ĉi-vespere ni ne parolu pri oficaj problemoj – diris Spiridon.

-Bedaŭrinde ne eblas eviti la oficajn problemojn – rimarkis Anton.

-Bone – konsentis la profesoro. – Tamen ni mendu la vespermanĝon, ĉar kiam mi estas malsata, mi ne povas bone rezoni.

Anton ĉirkaŭrigardis. Li vidis la kelneron kaj signis al li proksimiĝi. La kelnero, dudekjara junulo, rapide venis al la tablo.

-Kion vi bonvolus, sinjoroj? – demandis li.

-Bifstekon kaj blankan vinon – diris la profesoro.

-Kotleton kun fungoj, frititajn terpomojn kaj bieron – mendis Anton. – Por deserto estu gridolĉaĵo.

-Tuj mi plenumos la mendojn – diris la kelnero kaj foriris.

Li estis alta, svelta kaj videblis, ke por li la laboro estas plezuro.

-"Bonaero" estas mia ŝatata restoracio – diris Anton. – Ĉi tie la ĉefkuiristo estas kubano kaj la manĝaĵoj tre bongustas. La kuiristo scias multajn receptojn, ne nur kubajn, sed ankaŭ eŭropajn.

-De tempo al tempo ankaŭ mi manĝas ĉi tie – diris la profesoro.

La kelnero rapide servis al ili la vespermanĝon.

-Profesoro, mi deziras danki al vi pro la ĵurnalistoj, kiujn vi proponis – diris Anton.

Spiridon levis la kapon, prenis sian glason da vino kaj malrapide trinkis.

-Kiun vi elektis? – demandis li.

-Emil Bel – respondis Anton.

-Bona elekto.

-Tamen mi havas al vi peton – iom hezite komencis Anton.

Spiridon alrigardis lin.

-Mi certis, ke vi denove petos min pri io – ridis voĉe Spiridon.

Anton provis same ekrideti.

-Diru!

-Emil Bel baldaŭ finos la universitaton. Ni ne povas tuj sendi lin en Francion. Oni devas scii, ke li laboris kiel ĵurnalisto. Vi donu al li referencojn por eklaboro en la Novaĵagentejo. La Sekreta Servo certigos tie lian laborlokon.

-Jes. Por la Sekreta Servo ĉio eblas – diris la profesoro.

-Emil Bel laboros en la Novaĵagentejo iom da tempo – diris Anton. – Poste li veturos al Parizo, akreditita de la Novaĵagentejo.

-Jes. Ĉu vi opinias, ke en Parizo neniu supozos, ke li estas spiono? – rimarkis ironie Spiridon. – En Francio oni ne estas naivaj, Anton.

-Ne gravas kion oni supozos en Parizo, gravas, ke li estos reprezentanto de la Novaĵagentejo – diris iom nervoze Anton.

-Bone. Trankviliĝu. Formale mi donos referencojn pri li.

Ambaŭ eksilentis kaj daŭrigis vespermanĝi. Post iom da tempo la profesoro ekparolis:

-Nun mi bedaŭras, ke mi proponis al vi Emil Bel. Li estas juna, sincera, laborema kaj mi puŝis lin al danĝera agado. La spionado, Anton, estas aĉa afero, sed vi bone scias tion.

-Jes, aĉa, sed necesa – diris Anton. – Dank' al la spionado ni evitas multajn teroristajn atakojn, eĉ militojn. Kiel nia direktoro kutimas diri, dank' al la spionado ni gardas la ekvilibron en la mondo. Tial ni bezonas junajn, saĝajn homojn kiel Emil Bel. Emil komprenos, ke lia tasko estas grava, respondeca kaj li plenumos ĝin konscience.

-Iam, kiam mi estis juna – diris la profesoro – mi opiniis, ke en la mondo baldaŭ ekregos eterna paco, ke la homoj el diversaj landoj vivos kiel fratoj. Ili interkompreniĝos, kunlaboros. Sed bedaŭrinde post la Dua Mondmilito komenciĝis la Malvarma Milito kaj ni komencis spioni, embuski, persekuti unu la alian. Ni vivas en terura mondo, Anton. Ni ne estas homoj, sed sovaĝaj bestoj.

-Kion ni faru, kara profesoro. Tio estas la realo. Neniam estos eterna paco en la mondo. La vivo estas batalo – eterna batalo inter la bono kaj malbono.

-Batalo, sed mi ne deziras batali, Anton – diris la profesoro. – Morgaŭ estas dimanĉo kaj mi fiŝkaptados. Ĉu vi ne deziras veni kun mi – proponis Spiridon al Anton. – Mi kutimas fiŝkaptadi ĉe la lago Studenec.

-Ne. Dimanĉe mi preferas esti hejme.

-Bedaŭrinde. Ĉe la lago estas tre bele. Kiam mi estas tie, mi ne pensas pri la batalo inter la bono kaj malbono, mi ne pensas pri la laboro. Mi dronas en silento. La bela pejzaĝo trankviligas min.

-Mi envias al vi, profesoro – diris ridete Anton.

-Vi devas pli ofte ripozi – rimarkis Spiridon. – Via laboro, amiko, estas laciga.

-Jes.

Anton vokis la kelneron kaj pagis la vespermanĝon.

-Dankon – diris Spiridon.

Ambaŭ iris el la restoracio kaj ili ekis al diversaj direktoj. La stratoj en la nokta urbo estis senhomaj kaj silentaj. La luno, simila al granda arĝenta monero sur malhela velura pelerino, pale brilis. La ombroj de la arboj estis kiel enigmaj siluetoj. Profesoro Spiridon iris malrapide, pensante pri la venonta dimanĉa tago, pri la agrabla fiŝkaptado ĉe la belega lago.

18.

-Paĉjo – diris Emil – profesoro Teodor Spiridon helpis min eklabori en la Novaĵagentejo.

-Tio estas neatendita – diris Velin.

-Mi eĉ ne revis, ke mi estos ĵurnalisto en la Novaĵagentejo.

-Ja, vi maltrankviliĝis. Vi opiniis, ke post la fino de la universitato oni sendos vin labori en iu provinca urbo, en eta ĵurnalo.

-Jes. Vere mi maltrankviliĝis – diris Emil, - ĉar ankaŭ vi bone scias, ke sen la helpo de iu grava persono oni ne laboros en la ĉefurbo kaj ne havos bonan laboron.

-Profesoro Spriridon vidis, ke vi estas diligenta, saĝa. Tial li helpis vin.

Velin ridete rigardis Emilon.

-Feliĉulo vi estas. Tre malmultaj junuloj estas feliĉuloj kiel vi.

Velin rememoris sian junecon. Li naskiĝis en Karela, malgranda urbo. Lia patro estis ŝuisto. Kiam Velin finis gimnazion, li diris al siaj gepatroj, ke li deziras studi en universitato. La patro estis ŝokita.

-Kial? Ni ne havas monon. Kiu vivtenos vin?

-Mi studos – diris firme Velin.

-Vi devas labori en la ŝuejo kaj helpi min – insistis la patro. – Vi daŭrigu mian metion.

Velin vidis, ke li ĉagrenis la patron, sed Velin tre deziris studi. Lia patrino havis kaŝe iom da mono kaj iun vesperon ŝi diris al Velin:

-Jen. Mi ŝparis iom da mono por malfacilaj tagoj. Prenu ĝin kaj iru. Mi ne lernis, sed vi lernu.

Velin prenis la monon kaj ekiris. Lia amiko Simon, pli aĝa ol li, jam estis studento en la urbo Svila kaj Velin iris al li. Simon kaj Velin loĝis en mizera domo, en eta ĉambro, kiun luis Simon. Ambaŭ laboris por vivteni sin. Ili portis meblojn, diversajn aĵojn. Kiam Velin finstudis, li iris al la ĉefurbo. Estis malfacile trovi laboron, loĝejon, sed li ne senesperiĝis. Tiam, post la milito oni konstruis multajn domojn kaj Velin fariĝis domkonstruisto. Poste li eklaboris kiel kontisto en libroeldonejo. Li edziĝis kaj nelonge poste naskiĝis Emil.

-Mi ne supozis, ke vi estos ĵurnalisto – diris Velin al Emil. – Via avo estis ŝuisto, via avino estis analfabeta, sed vi laboros en la Novaĵagentejo.

Nun la bela sonĝo de Emil realiĝis. "Kio igis profesoron Spiridon helpi min? – demandis sin Emil. Vere, mi studis diligente, mi verkis artikolojn, recenzojn, sed estis aliaj bonaj studentoj. Kial la profesoro elektis min? Mi laboros obstine. Mi montros, ke profesoro Spiridon ne hazarde elektis min. Mi ne kompromitos lin."

Emil kvazaŭ vidis sian estontan vivon. Li fariĝos fama, estimata ĵurnalisto, li estos membro de la Asocio de la Ĵurnalistoj. Tio estis lia granda revo.

Ĉi-nokte Emil havis mirindan sonĝon. Li supreniris sur altan ŝtuparon, lumigitan de la suno. Pli kaj pli li supreniris. La ŝtuparo leviĝis al la ĉielo. Subite tamen Emil timis. Li rigardis malsupren. La tero ne videblis. Li haltis. Li ne povis daŭrigi la iradon supren, nek reveni malsupren. Emil vekiĝis tremanta kaj ŝvita. Kion signifas tiu ĉi sonĝo? Kio atendas lin? Lia patrino ofte diris, ke la sonĝoj montras la estontecon. Foje ŝi rakontis sian neforgeseblan sonĝon. Post la geedziĝo ŝi longe ne gravediĝis. Iun nokton ŝi sonĝis Sanktan Dipatrinon, kiu kviete ridetis al ŝi. Post tiu ĉi sonĝo la patrino estis graveda kaj ŝi naskis Emil. "Vi estas mia kara donaco de la Sankta Dipatrino – ofte diris la patrino de Emil."

Emil al neniu rakontis sian sonĝon. Li firme diris al si: "Mi iros supren sur la ŝtuparon!"

19.

Kamen Strig, la direktoro de la Novaĵagentejo, estis alta, maldika, kun nigraj okuloj, similaj al ŝtonetoj. Lia voĉo estis raŭka, certe pro la cigaredfumado.

Strig ekstaris de la skribotablo, iom promenadis en la kabineto kaj rigardis tra la fenestro, poste li turnis sin al Emil.

-En la Novaĵagentejo vi estos tradukisto. Profesoro Spiridon diris, ke vi perfekte parolas la francan lingvon. Vi tradukos la novaĵojn, kiujn ni ricevas el Francio. La novaĵoj estas duspecaj. La ordinarajn novaĵojn ni sendas al la Nacia Radio kaj al la ĵurnaloj. La specialajn novaĵojn – al la Ministra Konsilio.

-Ĉu estas cenzuro? – demandis Emil.

-Ne. Viaj kolegoj klarigos al vi kiuj novaĵoj estas ordinaraj kaj kiuj – specialaj. Vi devas esti diskreta. Al neniu parolu pri la enhavo de la specialaj novaĵoj.

-Mi komprenas – diris Emil.

-Sukcesan laboron – diris la direktoro.

-Ĝis revido.

Emil iris el la kabineto de la direktoro malkontenta. Li supozis, ke li estos ĵurnalisto, sed evidentiĝis, ke li estos tradukisto. Eble post iom da tempo li estos ĵurnalisto. Nun Emil eksciis, ke iuj novaĵoj, kiuj alvenas el la okcidenteŭropaj landoj ne aperas en la ĵurnaloj kaj revuoj. Lia patro pravis. La ĵurnalistiko servas al la politiko.

En la Franca Sektoro de la Novaĵagentejo laboris du junaj virinoj - Mira kaj Nina kaj viro – Vasil Solan, ĵurnalisto. Mira - blondharara, Nina – nigraharara.

La tradukista laboro estis ege respondeca. Oni devis rapide traduki la novaĵojn kaj sendi ilin al la ĵurnaloj kaj al la Nacia radio. Vasil Solan estis estro de la Franca Sektoro kaj li decidis kiuj novaĵoj estas ordinaraj kaj kiuj – specialaj. Emil rimarkis, ke Solan atente kontrolas lian laboron kaj verŝajne li raportas al iu pri Emil.

Fojfoje post la fino de la labortago, Solan, Mira, Nina kaj Emil iris en kafejon aŭ en bierejon, kie ili pasigis iom da tempo trinkante kafon aŭ bieron. Nina kaj Solan ne kaŝis sian amrilaton, malgraŭ ke Solan estis edziĝinta kaj havis infanon.

Laborante en la Novaĵagentejo, Emil ne havis la eblon verki artikolojn, reporteraĵojn. La labortago estis okhora, de la oka kaj duono matene ĝis la kvina posttagmeze. Tio lacigis Emilon.

Foje, tute neatendite, al Emil telefonis profesoro Spiridon. Emil surpriziĝis. Kiam Emil komencis labori, li dankis al la profesoro. Nun la profesoro demandis Emil kiel li fartas, ĉu li estas kontenta pri la laboro kaj Spiridon proponis, ke ili renkontiĝu.

Du tagojn poste, ili renkontiĝis en la kafejo "Primavero". Irante al la kafejo Emil provis diveni kial la profesoro telefonis kaj kial li deziras renkonti Emil. En la kafejo Emil sidis ĉe tablo kaj atendis la profesoron. Spiridon venis, paŝante malrapide, spirante peze, portanta sian grandan malnovan ledan sakon, kiu ĉiam estis plenplena je libroj kaj prelegoj. La profesoro sidis ĉe la tablo, ĉe Emil kaj profunde enspiris.

-Saluton Emil.

-Saluton, sinjoro profesoro.

Spiridon elprenis sian pipon, atente metis en ĝin aroman tabakon, bruligis ĝin kaj alrigardis Emilon per siaj grandaj brunaj okuloj.

-Kiel vi fartas en la Novaĵagentejo? – demandis li.

-La laboro plaĉas al mi – respondis Emil – kaj mi dankas al vi.

-Oni diras, ke vi laboras bone.

Certe la profesoro interesiĝis kiel Emil laboras en la Novaĵagentejo.

-Mi scias, ke ne estas facile traduki novaĵojn – daŭrigis Spiridon. – Oni devas rapide traduki kaj la tradukoj estu precizaj. Tre gravas bona traduko. Eĉ la plej eta eraro kaŭzos miskomprenojn kaj povus kaŭzi problemojn.

-Mi strebas precize traduki – diris Emil

-Tiu ĉi laboro estos tre utila al vi. Vi ne nur perfektigos la francan lingvon, sed vi bone ekkonos la francajn kulturon, historion, nuntempan francan vivon.

Venis la kelnerino, kiu ĉesigis ilian konversacion.

-Mi trinkos konjakon – diris la profesoro. – Kion vi trinkos? – demandis li Emil.

-Kafon – respondis Emil.

-Vi daŭre ne trinkas alkoholaĵojn – rimarkis Spiridon. – Tio estas bona afero.

La kelnerino alportis la konjakon kaj la kafon.

-Je via sano – diris Spiridon kaj levis sian glason.

-Je via sano.

-Nun la informado estas la plej granda forto, ĝi estas armilo – diris la profesoro. – Kiu regas la informadon – regas la mondon. Tial ĵurnalistoj estas tre valoraj. Ili estas plej bone informitaj pri ĉio. Ĉu vi havas eblon verki?

-Bedaŭrinde ne – respondis Emil. – Delonge mi ne verkis artikolojn.

-Ne bedaŭru. Vi havos eblon denove verki – trankviligis lin Spiridon. – Nun estas grave, ke vi ekkonu bone Francion, francajn politikon kaj kulturon.

Spiridon vokis la kelnerinon. Emil deziris pagi.

-Sinjoro profesoro, mi jam laboras kaj mi deziras regali vin.

-Mi ne permesos al mia estinta studento regali min – diris Spiridon. – Mi invitis vin, mi pagos, mi estas profesoro.

Spiridon pagis kaj ambaŭ iris el la kafejo.

-Dankon, profesoro kaj ĝis revido.

-Ĝis revido, Emil.

Emil ekiris sur la bulvardo. Li ne rapidis reveni hejmen. La posttagmezo estis agrabla. La septembra suno ĵetis molajn karesajn radiojn. La ĉirkaŭaĵo ravis multkolore: verdaj arboj, helblua ĉielo, buntaj aŭtunaj floroj. Emil daŭre demandis sin kial la profesoro invitis lin al renkonto. Estis strange. Kelkfoje Spiridon ripetis: "Ekkonu bone Francion, francajn politikon, kulturon, nuntempan francan vivon." Eble li deziris ion aludi, sed Emil ne komprenis lin.

20.

La laboro en la Novaĵagentejo pli kaj pli plaĉis al Emil. Li rapide tradukis la novaĵojn. Li jam bone konis la internacian politikan vivon. Eĉ dufoje Emil faris politikajn komentariojn en la Nacia Radio.

Neatendite la direktoro de la Novaĵagentejo vokis Emilon. Kiam la sekretariino telefonis al Emil, li maltrankviliĝis. "Ĉu mi eraris pri io, demandis li sin. Ĉion mi bone tradukis. Eble mi ne tradukis ian gravan novaĵon." Emil sciis, ke eĉ la plej eta eraro povus esti fatala. Ja, oni avertis lin esti tre atentema.

Emil pretis aŭskulti la kritikojn de la direktoro. Pala, maltrankvila li frapetis ĉe la pordo de la direktora kabineto. La sekretariino, kvardekjara, alta virino kun rigora rigardo seke diris:

-Sinjoro Strig atendas vin.

Emil eniris. Strig denove staris ĉe la fenestro. Verŝajne li ne ŝatis sidi ĉe la skribotablo kaj ofte li promenis en la kabineto aŭ li rigardis eksteren tra la fenestro.

-Bonan tagon – salutis Emil.

-Saluton. Bonvolu sidiĝi – diris Strig kaj montris al Emil seĝon.

Emil eksidis, sentante la fortajn batojn de sia koro. Kio sekvos? Strig tamen ne aspektis kolera. Lia vizaĝo estis trankvila kaj lia rigardo bonintenca.

-Vi tre bone laboras – diris la direktoro.

Emil surpriziĝis. Tion li ne atendis. La direktoro ne kritikis, sed laŭdis lin.

-Nia kolego Kiril Drag, kiu estas ĵurnalisto en Francio, baldaŭ pensiiĝos. La Estraro de la Novaĵagentejo havis kunsidon kaj ĉiuj unuanime decidis, ke vi anstataŭu Kirilon Dragon en Parizo – diris malrapide la direktoro.

Emil estis ŝokita. Li ne certis ĉu li bone aŭdis kion diris la direktoro. "Eble mi sonĝas, pensis Emil."

-Jes – ripetis Strig. – Ni decidis, ke vi estu la reprezentanto de la Novaĵagentejo en Francio. Vi bonege regas la francan lingvon, bone konas la politikan situacion en Francio. Tie devas esti juna aktiva ĵurnalisto kiel vi.

Emil silentis. Parizo! Nekredeble! Li devis diri "dankon", sed li eĉ sonon ne povis prononci. Liaj lipoj kvazaŭ gluiĝis. Pene Emil streĉis fortojn kaj diris:

-Dankon.

-En la Instituto pri Internaciaj Rilatoj sinjoro Anton Silik informos vin detale pri via agado en Francio – diris la direktoro. – Mi deziras al vi sukcesan estontan laboron – kaj Strig manpremis Emilon.

-Dankon. Ĝis revido.

Emil iris el la kabineto kiel somnambulo. "Ĉu mi sonĝis?" Ŝajnis al li, ke li dormas kaj ne povas vekiĝi. Iu devis veki lin kaj malrapide, klare ripeti la vortojn de la direktoro. Francio! Miraklo! Ĝis nun Emil ne veturis eksterlanden. Estas la "Fera Kurteno". Ne eblas veturi al okcidenteŭropaj landoj.

"Certe estas ia eraro. La direktoro eraris. Eble temas pri alia ĵurnalisto, meditis Emil."

Li revenis en la laborĉambron. Sur la skribotablo estis amaso da franclingvaj tekstoj, kiujn li devis rapide traduki. Emil eksidis kaj komencis traduki. Mira, Nina, Vasil Solan rigardis lin kompateme. Ili opiniis, ke la direktoro kritikis lin.

Post la fino de la labortago Emil tuj ekiris hejmen por diri la novaĵon. Liaj gepatroj certe estos ege surprizitaj.

21.

Emil iris al la bushaltejo. La buso venis plenplena je homoj. Emil eniris ĝin kaj staris ĉe virino kaj ŝia dekdu-dektrijara filo. La virino estis malalta kun bruna hararo kaj sukcenkoloraj okuloj. En la nigraj okuloj de la knabo ludis ruzetaj flametoj. La patrino mentore parolis al la knabo, ke li devas esti diligenta kaj bona lernanto. Emil rememoris la jarojn, kiam lia patrino parolis tiel al li, kiam li lernis kaj strebis esti perfekta lernanto kaj studento. Tiam Emil revis vojaĝi, esti en aliaj landoj kaj jen - li estos en Francio.

Emil descendis de la buso kaj ekiris sur la strato, preterpasante la kvartalan preĝejon. Liaj gepatroj, Velin kaj Dena, estis hejme kaj kiam ili triope sidis ĉe la tablo por vespermanĝi, Emil diris al ili la grandan novaĵon. La gepatroj alrigardis lin mire. Verŝajne ili pensis, ke Emil imagas tion.

-Ĉu vi parolas serioze? – demandis Velin, rigardante lin tiel kvazaŭ Emil estus malsana kaj delirus.

-Jes, serioze – diris Emil.

En la ĉambro ekregis silento. Velin malrapide diris:

-Tio ne eblas. En la Novaĵagentejo laboras aĝaj ĵurnalistoj, kiuj pli spertas ol vi. Ili laboras tie dum multaj jaroj. Ne eblas, ke oni elektis vin, kiu estas tre juna. Ĉu la direktoro ne ŝercis?

-Ne. Li estis tre serioza – respondis Emil.

-Strange! – rigardis lin Velin.

-Kial strange – tuj diris Dena, iom kolere. – Emil estas saĝa, laborema. En la Novaĵagentejo li laboras tre diligente. Li bonege parolas la francan lingvon, tial oni elektis lin.

Velin turnis sin al ŝi:

-Dena, vi bonege komprenas, ke tio estas ege strange. En la okcidenteŭropajn landojn oni sendas nur anojn de la laborista partio. Emil ne estas ano de la laborista partio.

-Emil estas saĝa – ripetis Dena. – Ne gravas, ke li ne membras en la laborista partio.

Dena turnis sin al Emil.

-Mi ĉiam diris al vi "lernu, estu diligenta, laboru obstine" kaj jen, vi sukcesis – diris ŝi. – La diligentaj homoj ĉiam sukcesas.

Velin ridetis.

-En nia lando ne gravas ĉu iu estas diligenta, saĝa – gravas ĉu li estas ano de la laborista partio – diris Velin.

-Vi ĉiam estis pesimisto – replikis lin Dena. – Ni devas ĝoji, ke nia filo laboros eksterlande, en Francio, en la plej bela lando. Ni festu! La novaĵo estas mirinda. Ni malfermu botelon da vino.

Dena rigardis Velinon kolere. Ŝi ekstaris, iris al la kuireja ŝranko, el kiu ŝi prenis botelon da vino kaj donis ĝin al Velin por ke li malfermu ĝin. Velin malfermis la botelon kaj plenigis la glasojn.

-Je via sano, Emil – diris Dena. – Ni deziras al vi multajn sukcesojn en Francio.

-Je via sano – diris Velin. – Mi esperas, ke vere vi veturos kaj laboros en Francio.

-Je viaj sanoj – diris Emil.

Ili tintigis la glasojn.

Dum la nokto Emil longe ne povis ekdormi. En la vortoj de lia patro estis logiko. "Kial oni elektis min? demandis li sin. Ja, estas pli spertaj ĵurnalistoj ol mi. Iuj el ili same bonege parolas la francan lingvon. Kial mi? Eble profesoro Teodor Spiridon proponis min, sed li ne estas estrarano de la Novaĵagentejo. Tamen profesoro Spiridon bone konas la direktoron Kamen Strig. La direktoro diris, ke la estraranoj de la Novaĵagentejo decidis, ke mi estu la akreditita ĵurnalisto en Francio. Tamen mi ne konas la estraranojn, nek ili konas min. Certe oni observis mian laboron. Eble oni legis miajn artikolojn. Pli verŝajne profesoro Spiridon proponis min. Tamen li instruas multajn studentojn. Kial li telefonis al mi kaj invitis min renkontiĝi en la kafejo "Primavero"? Nia konversacio estis ordinara, sed ŝajnas al mi, ke tiam la profesoro deziris diri ion al mi."

Al tiuj ĉi demandoj Emil vane penis respondi. Li provis restarigi ĉion, kio okazis dum la lastaj monatoj. Li sukcese ekzameniĝis en la universitato, li eklaboris en la Novaĵagentejo. "Kiujn homojn mi konas? Eble inter ili estas iu bonfaranto. Ĉu Panajot Rod, la redaktoro en la "Vespera Kuriero" aŭ iu alia ĵurnalisto?"

Emil konis famajn personojn, kiujn li intervjuis. Nun li estis tute perpleksa. Li tamen diris al si: "Mi devas ĝoji. Mi estos en Francio. Gravas, ke mi laboros en Parizo. Paĉjo estas tre suspektema. Al li ĉiam ŝajnas, ke estas io suspektinda. Pli bone mi plu ne cerbumu. Tio estas mia sorto, loĝi kaj labori en Francio."

Emil ekdormis. Je la sesa horo matene la horloĝsonoro vekis lin. Li devis rapide bani sin, matenmanĝi kaj ekiri al la Novaĵagentejo.

22.

En la kafejo de la Novaĵagentejo estis multaj personoj, kiuj antaŭ la komenco de la labortago kafumis. Ĉe la tablo sidis Mira, Nina kaj Vasil Solan.

-Ĉu vi aŭdis la grandan novaĵon? – demandis Mira.

Nina kaj Vasil alrigardis ŝin.

-Kia novaĵo? – demandis Vasil.

-Pri Emil.

Nina kaj Vasil proksimigis siajn kapojn al Mira, atendante aŭdi ion interesan. Iom mallaŭte Mira diris:

-Emil anstataŭos Kirilon Dragon en Parizo.

Nina kaj Vasil surpriziĝis.

-Ĉu? – miris Vasil.

-Jes. Mi aŭdis tion de fidinda persono – kapjesis Mira.

-Ĉu vere? – fiksrigardis ŝin Vasil.

-Mi ne kredas – diris Nina.

-Kredu! Tio estas la vero – ripetis Mira.

-Kial li? – koleriĝis Vasil. – Emil laboras ĉi tie nur kelkajn monatojn!

-Jen la granda demando – rigardis lin ridete Mira.

-La novaĵo estas nekredebla – ripetis Vasil.

Lia kolero fariĝis pli kaj pli forta. Kiel eblas elekti personon, kiu estas tre juna kaj kiu ne havas ĵurnalistan sperton. Tio estas skandalo!

-Eble Emil estas parenco de iu ministro aŭ de fama funkciulo de la laborista partio – supozis Mira. – En nia lando ne gravas kion vi studis, ĉu vi havas sperton, gravas kies parenco vi estas aŭ kiu protektas vin.

-Vi tute pravas – diris Vasil. – Gravas kiu protektas vin. Ni laboras, strebas. Ni plenumas strikte ĉiujn ordonojn, sed subite oni sendas eksterlanden personon, kiu estas tute nekonata.

Vasil Solan ne nur koleriĝis, sed li preskaŭ freneziĝis. Li laboris en la Novaĵagentejo jam plurajn jarojn. Li penis, strebis, forte deziris esti ĵurnalisto en Francio aŭ en alia okcidenteŭropa lando, sed la Estraro de la Novaĵagentejo kvazaŭ ne rimarkis liajn penojn. Nun Vasil sentis malamon al Emil. "Kial li? ripetis Vasil. Ne estas justeco!"

La edzino de Vasil ofte diris: "Jam plurajn jarojn vi estas en la Novaĵagentejo, sed oni ne sendas vin eksterlanden. Viaj kolegoj estas en Parizo, en Vieno, en Londono kaj vi nur ĉi tie."

La edzino de Vasil revis loĝi en iu okcidenteŭropa lando. Ŝi deziris havi luksan, brilan vivon, ĝui okcidenteŭropan vivmanieron. Tamen Vasil sciis ke nur la laborista partio decidas kiu, kie kaj pri kio laboru, kiu estu eksterlande kaj kiu

– ne. Tre gravis la protektoj. Kiam oni protektas iun, li ĝuas sennombrajn privilegiojn.

-Tio estas neimagebla ŝanco – diris Mira. - Labori en Parizo estas multe pli valore ol gajni grandiozan sumon en loterio.

Mira sciis kaj vidis, ke Vasil tre deziris esti ĵurnalisto en Parizo. Vasil kaj Nina multe strebis al tio. Nina eĉ pli senceremonie agis. Ŝi ne estis edziniĝinta. Tridekjara, bela kun longa bruna hararo kaj kun okuloj bluaj kiel cejano, Nina havis amrilaton kun Vasil. Tamen ŝi strebis esti kara al la direktoro Strig. Kiam Nina komencis labori en la Novaĵagentejo, ŝia celo estis fariĝi ĵurnalistino eksterlande. Nina naskiĝis kaj loĝis en provinca urbo. Kiam ŝi finis ĵurnalistikon, ŝi opiniis, ke dank' al sia beleco, ŝi malfermos ĉiujn pordojn antaŭ si, sed ĝis nun Nina ne sukcesis atingi altan postenon.

Mira ne havis ambicion labori eksterlande. Ŝi ne estis ĵurnalistino. Mira finis francan filologion kaj la laboro en la Novaĵagentejo kontentigis ŝin. Mira opiniis, ke estas pli bone esti tradukistino ĉi tie ol instruistino en iu provinca gimnazio. Mira havis solan revon – edziniĝi. Bedaŭrinde ŝi ankoraŭ ne renkontis la deziratan viron. Ŝi havis amrilatojn kun du-tri viroj, sed ili ne plenumis ŝiajn postulojn. Mira revis pri viro riĉa kun bela domo kaj prestiĝa profesio. Li estu advokato, inĝeniero aŭ kuracisto. Al Mira tre plaĉis Emil, kiu estas alta, svelta kun nigra hararo kaj nigraj okuloj, sed Emil kvazaŭ ne rimarkis ŝin.

-Ni komencu labori – diris Vasil.

Mira, Nina kaj li iris el la kafejo.

-Eble Emil jam estas en la laborĉambro – diris Nina,- sed li eĉ vorton ne diros pri Parizo.

-Baldaŭ ĉiuj ekscios lian sekreton – malice diris Vasil.

60

23.

La aŭtuna mateno estis suna. La ĉielo similis al blua flamo. La suno brilis mole. La arboj sur la stratoj estis kvazaŭ nudaj. Emil iris al la Instituto pri Internaciaj Rilatoj. Ĉe la enirejo pordisto demandis lin.

-Al kiu vi iras?

-Al sinjoro Anton Silik – respondis Emil.

La pordisto rigardis ian liston.

-Jes. Sinjoro Silik atendas vin. Mia kolego akompanos vin al lia kabineto.

El la pordista budo eliris junulo, kiu ekiris kun Emil sur la ŝtuparon. Dum ili iris, Emil demandis sin: "Strange kial iu devas akompani min al la kabineto de sinjoro Silik? La pordisto povus diri al mi la etaĝon kaj la numeron de la kabineto."

La junulo haltis antaŭ masiva pordo, ekfrapetis ĉe ĝi kaj ambaŭ eniris la kabineton.

-Sinjoro Silik, Emil Bel venis – diris la junulo al la viro, kiu sidis ĉe granda skribotablo.

-Bonvolu – la viro ekstaris kaj manpremis Emilon.

La junulo foriris.

-Bonan venon, sinjoro Bel. Mi estas Anton Silik.

-Bonan tagon – diris Emil.

-Bonvolu sidiĝi – Anton montris al Emil unu el la foteloj ĉe la kafotablo.

Emil eksidis kaj ĉirkaŭrigardis la kabineton. Ĝi estis tre vasta kun skribotablo, libroŝranko, kafotablo, foteloj. Plej impresis al Emil la granda mapo de Eŭropo sur kiu per koloraj flagetoj estis signitaj diversaj urboj en diversaj landoj.

Anton Silik, kiu sidis en la fotelo kontraŭe al Emil aspektis simpatia kun helbruna hararo kaj helaj okuloj, kiuj ŝajne estis grizaj, ne bluaj.

-Vi laboras en la Novaĵagentejo, kies Estraro elektis vin anstataŭi vian kolegon Kirilon Dragon en Parizo – komencis Anton. – Estas bone, ke juna ĵurnalisto agos en Francio.

Anton Silik menciis iujn detalojn el la vivo de Emil, kio aludis, ke Silik bone informiĝis pri la studado de Emil, pri liaj artikoloj en la diversaj ĵurnaloj kaj ĉefe en "Vespera Kuriero".

-Via laboro en Francio estos pli speciala – diris Anton kaj li atente alrigardis Emilon. – Vi sendos politikajn, kulturajn kaj aliajn informojn al la Novaĵagentejo. Tamen vi devas akiri sekretajn informojn pri la franca politika situacio, pri la franca armea industrio por nia Servo.

Silik ne diris kia estas "nia Servo", sed Emil konjektis, ke temas pri spiona servo, kiu bezonas informojn pri la franca politiko kaj armea industrio. Nun li komprenis, ke la nomo Instituto pri Internaciaj Rilatoj kaŝas Sekretan Servon. Tial junulo akompanis Emilon al la kabineto de Anton Silik.

Emil maltrankvile demandrigardis Antonon, kiu rapide klarigis:

-Jes. Temas pri spionado sub la kamuflo de ĵurnalista agado. Ni tre atente esploris vian vivon kaj ni elektis vin. Vi estas juna, diligenta, perfekte parolas la francan lingvon.

Silik ne demandis ĉu Emil konsentas. Oni decidis, ke li estos spiono, oni detale esploris lian vivon kaj li devas akcepti tion.

-Eble la vorto "spiono" maltrankviligas vin – diris Silik – tamen spioni estas nobla devo. Eŭropo konsistas el du partoj: Orienta Eŭropo kaj Okcidenta Eŭropo. En la okcidenteŭropaj landoj oni konstante spionas nin. Tial ni estas divigitaj spioni ilin. Ni devas scii kiajn armilojn ili havas, kiajn modernajn teknologiojn ili inventas, kion ili planas rilate niajn ŝtatojn. Ne estas sekreto, ke ni ne havas modernajn teknologiojn. Iel ni devas ekkoni iliajn teknikajn progresojn. Tion ni povas fari nur dank' al la spionado.

Anton eksilentis, alrigardis Emilon kaj post eta paŭzo li daŭrigis:

-La spiona agado estas tre grava. Ĝi komenciĝis jam en la antikveco. Dank' al ĝi multaj militoj ne okazis, miloj da homoj ne pereis. Tiu ĉi agado helpas la homan progreson. Nun ĝi estas pli necesa. Nun ne la armiloj gravas, sed la saĝeco, la klereco. Dank' al la saĝeco eblas venki la malamikojn.

Anton denove penetreme alrigardis Emilon.

-En Parizo vi havos grandan salajron, belegan, luksan loĝejon. Sen problemoj vi veturos al aliaj landoj: Belgio, Germanio, Svislando, Aŭstrio. Vi ferios en la plej belaj ripozejoj. Somere vi estos en Hispanio ĉe la Mediteranea Maro, vintre – en la Alpoj.

Emil pretis interrompi lin kaj diri, ke tio ne allogas lin, ke por li la plej grava estas la ĵurnalista agado. Li deziris emfazi, ke li estas ĵurnalisto, ke lin ne interesas la mono, la lukso, la multekostaj restadejoj, tamen Anton ne lasis lin paroli. La tuta konduto de Anton montris, ke ĉi tie li parolas, li ordonas kaj tiu, kiu sidas kontraŭe al li, devas nur aŭskulti, silenti, subiĝi kaj plenumi la ordonojn.

-Antaŭ via forveturo vi sekvu trejnadon, en kiu vi ellernos la regulojn de la spionado, kiel kontakti nekonatajn personojn, kiel ĉerpi el ili la necesajn informojn, kiel vi transdonos la informojn. Post la fino de la trejnado vi ekveturos al Parizo. Mi ne devas eĉ mencii, ke via agado estas tre sekreta. Neniu sciu pri ĝi, eĉ viaj familianoj. Viaj gepatroj ne devas supozi kion ĝuste vi faras en Parizo. Ili nur sciu, ke vi estas ĵurnalisto, sendita tien de la Novaĵagentejo. Mi deziras al vi sukceson.

Anton Silik telefonis al la junulo por ke li venu akompani Emilon al la elirejo.

63

24.

Kelkajn tagojn Emil tre malbone fartis. La konversacio kun Anton Silik frakasis lin. Ĉu tio okazis? Ĉu oni varbis lin spioni? Neniam ĝis nun Emil interesiĝis pri la spionado. Ja, li legis kelkajn librojn kaj spektis filmojn pri spionoj, sed li ne meditis kiaj estas la spionoj, kia estas ilia agado, ilia vivo, kiel ili plenumas la sekretajn taskojn. Nun Emil opiniis, ke estos pli bone ne veturi al Francio. Li bedaŭris, ke iam li revis esti en Francio. Plej terure estis, ke li ne povis rezigni, ne povis diri: "Mi ne deziras esti spiono." Ie iuj decidis, ke li estu spiono kaj oni devigis lin plenumi tiun ĉi decidon.

Emil ne kuraĝis diri al siaj gepatroj pri la konversacio kun Anton Silik. Ja, Silik avertis lin al neniu diri kia estos lia agado en Parizo. Emil ne nur maltrankviliĝis, sed li jam forte timiĝis. En Francio oni povus aresti, kondamni lin pro spionado kaj li pasigos jarojn en malliberejo. Tiu ĉi penso terurigis lin.

Emil sentis sin tute senhelpa. Nun li konsciis, kiel malforta estas la homo. "Ni estas marionetoj, kiuj humile subiĝas al ies volo, plenumante ies ordonojn, meditis Emil. Kial iuj devas decidi la sortojn de aliaj? Ili opinias sin ĉiupovaj. Laŭ ili plej gravas la mono."

La spiona trejnado okazis en vilao, kaŝita en montaro. De ekstere neniu supozus, ke en tiu ĉi trietaĝa domo estas kurso por spionoj. La vilao troviĝis en granda korto kun florbedoj kaj fruktaj arboj. La domo, kiu havis vastajn balkonojn, similis al alpa montodomo, farbita oranĝkolore kun tegola tegmento. La ŝtona barilo de la korto estis tre alta.

La speciala aŭto, kiu veturigis Emilon, haltis antaŭ granda fera pordo. La pordo malfermiĝis. Emil rimarkis, ke estas kamerao kaj de ene oni vidis la aŭton. Du junuloj, kiuj renkontis Emilon, silenteme akompanis lin al la domo. Emil eniris. Alta viro gvidis lin al la klasĉambro, kie estis kvin junuloj kaj tri junulinoj. La kursanoj devis ne konversacii unu kun la alia kaj ĉi tie, en la kursejo, oni devis ne scii la verajn nomojn de siaj samkursanoj.

La lektoroj prezentis sin. Unu el ili estis juna, eble dudekkvinjara kun atleta korpo, brunaj okuloj, kiuj havis penetreman rigardon. Dum la enkonduka lekcio li emfazis:

-Via ĉefa agado eksterlande estas akiri gravajn informojn, bone kontroli kaj analizi ilin. Tial vi devas havi analizeman pensadon, multflankan kulturon kaj bone regi la lingvon de la lando. Ĉiam estu bonege koncentritaj kaj pretaj rapide agi.

Dum la unuaj tagoj Emil estis skeptika. Li opiniis, ke la lekcioj ne tre utilas, tamen poste li konstatis, ke la instruado estas grava pri la observemo, memgardemo kaj pri la rapida reago en danĝeraj situacioj.

Oni instruis ilin kontakti nekonatajn personojn, el kiuj ricevi la necesajn informojn. Unu el la lektoroj, Ignat Vanel, kvindekjara korpulenta kun larĝa vizaĝo konsilis la kursanojn:

-Bone observu la personojn, kiuj laboras en gravaj entreprenoj, institutoj de kie eblas havigi la necesan sekretan informon. Serĉu la konvenan personon, kiu helpu vin.

Parolante Ignat Vanel ofte faris grandajn paŭzojn.

-Ne veku suspekton. Estas malfacile zorgi ke nekonata persono ekkredu al vi. Li aŭ ŝi fidu vin kaj ili ne supozu, ke via amikeco celas spionadon.

Multaj sesioj estis dediĉitaj al la sekureco. Tiun ĉi studobjekton instruis maljuna viro, Peter Razen, kies okuloj similis al plumbaj globetoj. Li estis iom dika. Videblis, ke li estis oficiro, iama spiono.

-Ĉiam atentu ĉu iu ne postsekvas vin – diris li – Pripensu bone ĉiun vian agon. Ne faru skribnotojn. Neniigu ĉion, kion vi skribis, por ke ĝi ne estu pruvo kontraŭ vi.

Peter Razen diris:

-Spionoj estas la plej solecaj homoj. Viaj familianoj devas ne scii pri kio vi okupiĝas. Via edzino eble konjektos ion kaj ŝi ofendiĝos, ke vi ne estas sincera al ŝi, sed vi devas zorgi ankaŭ pri ŝia sekureco.

Iun tagon tute neatendite Emil vidis en la kursejo Rozan Perlamoton. Li alparolis ŝin, sed Roza nur rigardis lin kaj malafable diris:

-Pardonu min, sed mi ne konas vin.

Emil eksciis, ke Roza prelegas al la junulinoj en la kurso. Sendube la virinaj spionoj ofte havas pli bonajn sukcesojn ol la viraj. La virinoj, uzante la virajn inklinojn, akiras gravajn informojn.

Post la fino de la trejnado la kursanoj ekveturis al diversaj landoj. Emil ricevis aviadilbileton, monon kaj oni diris al li kiam li ekveturu.

En la tago, antaŭ la ekveturo, Emil estis tre maltrankvila kaj nervoza. Li senĉese demandis sin: "Kiel mi eniris tiun ĉi danĝeran kaptilon?" Tamen li konsciis, ke de nun li devas plenumi ĉiujn taskojn. De nun lia vivo estis en la manoj de tiuj, kiuj varbis lin. Tial Emil devis esti saĝa, sagaca, atentema.

Vespere, antaŭ la forveturo, Velin, la patro, diris al li:

-Mi vidas, ke vi ne estas ĝoja. Je via loko iu alia estos feliĉa. Jam de la infaneco vi revis veturi eksterlanden kaj jen via revo realiĝis. En Parizo vi estos en muzeoj, en teatroj, vi vizitos koncertojn kaj ekspoziciojn.

-Jes – diris Emil.

-Eble vi estas maltrankvila pri ni. Ne zorgu pri ni. Via patrino kaj mi ne havos problemojn. Ni regule skribos al vi leterojn. Ankaŭ vi skribu al ni.

-Mi same regule sendos al vi leterojn – promesis Emil.

25.

La aviadilflugado al Parizo pasis nerimarkeble. En la aviadilo ne veturis multaj homoj. Unu el la stevardinoj estis tre afabla al Emil. Kelkfoje ŝi demandis lin kion li bonvolas trinki kaj ĉu li bezonas ion. Verŝajne oni avertis ŝin kiu estas Emil aŭ eble li plaĉis al ŝi. Tamen Emil jam estis tre suspektema al ĉiuj. De la momento, kiam li komprenis, ke oni kaŝe observis lin, li kvazaŭ troviĝas en mondo, kie la homoj estas konstante observataj kaj subaŭskultataj.

La stevardino estis eble dudekjara kun gracia korpo, helverdaj okuloj kaj ĉarma rideto. Ŝi ravis Emilon.

La aviadilo surteriĝis sur la parizan flughavenon kaj Emil ekiris al la elirejo. La kontrolo de la pasporto daŭris nur du minutojn. En la atendejo atendis lin kvardekjara viro kun iom griziĝinta hararo kaj brunaj okuloj, vestita en moda verdkolora kostumo kun verda kravato.

-Bonan venon, sinjoro Bel, – salutis lin la viro. – Ĉu vi bone veturis?

-Saluton. La veturado estis agrabla – diris Emil.

-Mi estas Rafael Dermon – prezentis sin la viro, - gazetara ataŝeo. Unue ni iros en la ambasadorejon, kie mi konatigos vin kun miaj gekolegoj kaj poste – en vian parizan loĝejon.

Ili ekiris. Antaŭ la flughaveno estis aŭto "Citroeno".

-Jen la aŭto de la ambasadorejo – diris Dermon. – Bonvolu eniri.

Emil senpacience deziris vidi Parizon. Ili veturis longe. La aŭto eniris la randajn kvartalojn kaj antaŭ la okuloj de Emil aperis la urbo, pri kiu tiom multe li revis kaj kiun li sonĝis en siaj plej belaj sonĝoj.

En la ambasadorejo Rafael prezentis Emilon al la ambasadoro kaj al la oficistoj.

-Emil Bel – diris Rafael – ĵurnalisto el la Novaĵagentejo, kiu anstataŭos Kirilon Dragon.

La ambasadoro kaj la oficistoj manpremis Emilon.

-Bonan venon en Parizo – diris la ambasadoro. – Mi estas Vlad Kapral.

La ambasadoro, kvindekjara, ne tre alta havis etajn bluajn okulojn kaj bekforman nazon. Iom suspekteme li rigardis Emilon kaj estis klare, ke oni informis lin pri la agado de Emil en Parizo.

-Parizo plaĉos al vi. Vi bone fartos ĉi tie – diris Kapral.

Lia voĉo eksonis iom ironie. Kapral sciis, ke oni sendas en Francion gejunulojn, kies gepatroj havas altajn postenojn. "Ili venas en Parizon ne labori, sed amuziĝi kaj bone salajri, meditis Kapral."

Post la konatiĝo kun la oficistoj, Rafael invitis Emilon en malgrandan ĉambron, bone izolitan kontraŭ la bruo. De ekstere oni ne povis aŭdi la konversaciojn en ĝi. La ĉambro estis modeste meblita: skribotablo, kafotablo, foteloj. Rafael eksidis en unu el la foteloj, Emil en alian. Post minuto la ĉambron eniris junulino, kiu servis al ili kafon.

-Bonvolu – diris ŝi – la franca kafo estas tre bona.

La junulino eliris kaj Rafael komencis paroli:

-Mi priskribos al vi la situacion en la ambasadorejo. Ĉi tie laboras nur personoj, kiuj estas protektataj. Iliaj parencoj en nia lando estas gravaj personoj, partiaj funkciuloj. Ĉi tie ili embuskas unu la alian. Vi ne devas kontakti ilin. Ili ne estas fidindaj. La ambasadoro Vlad Kapral estas izolita ĉi tie de la politika vivo en nia lando. En la pasinteco li havis grandajn politikajn meritojn, sed nun li estas ignorita. Kapral same ne estas fidinda.

El tiuj ĉi vortoj Emil komprenis, ke Rafael Dermon verŝajne strebas fariĝi ambasadoro.

-Vi kontaktos nur min. Mi diros al vi viajn taskojn. Al mi vi donos la informojn, kiujn vi akiros kaj mi sendos ilin

68

ĉifritaj al la Sekreta Servo. Ni ne renkontiĝos en la ambasadorejo, sed ie en la urbo. Ni ne parolos telefone. Ni estos tre diskretaj. Neniu komprenu kiel ni agas.

Post la konversacio Rafael diris:

-Nun ni iros en vian loĝejon.

Ili denove eniris en "Citroenon" kaj ekveturis al la centro de la urbo.

26.

La loĝejo, kiu estis en kvinetaĝa konstruaĵo, proksime al la rivero Sejno, plaĉis al Emil. Kvarĉambra, ĝi havis grandajn fenestrojn, kiuj rigardis al la rivero. Rafael montris al Emil la ĉambrojn.

-Jen la kuirejo – diris li. – Ĉi tie estas ĉio necesa: forno, fridujo, manĝilaro... Mi supozas, ke vi ne kuiros. Certe vi manĝos en restoracio, sed ĉi tie vi povas kuiri kafon, teon.

En la banejo estis duŝilo, bankuvo, granda spegulo. La dormoĉambro estis mode meblita: duobla lito, vestoŝranko, ŝranktabletoj.

-Jen via laborkabineto – diris Rafael kaj li malfermis la pordon de la kabineto, kie estis skribotablo, libroŝranko, eta kanapo.

De la laborkabineto ili iris en vastan ĉambron. Ĉi tie staris kvar foteloj, kafotablo, radioaparato, bretaro.

-Vi havos neniajn zorgojn. Oficisto en la ambasadorejo pagos la hejtadon, la elektron, la akvon. Regule oni prenos la tolaĵojn por lavado. En la loĝejo ne devas esti dokumentoj kaj skribnotoj. Se vi skribas ion, poste vi devas bruligi tion.

Emil atente aŭskultis lin.

-Morgaŭ vespere mi venos kaj ni planos nian estontan agadon – diris Rafael kaj foriris.

Emil metis siajn vestojn en la vestoŝrankon kaj ordigis la librojn, kiujn li kunportis, sur la librobreton. Poste li eksidis ĉe la skribotablo kaj malfermis la gvidlibron pri Parizo. Emil deziris iom legi pri la vidindaĵoj de la franca ĉefurbo. "Mi jam estas en Parizo – diris li." Li ĝojis, ke li estas en la plej bela eŭropa urbo kaj li malĝojis, ke li venis ĉi tien kiel spiono. Estos danĝera okupo. Neniam Emil supozis, ke iam li estos spiono. Ankoraŭ li ne povis klarigi al si mem kiel li trafiĝis en tiu ĉi kaptilo. Ĉu tio estis lia sorto aŭ ĉu jam kiel studento nerimarkeble li iris sur la vojon, kiu gvidis lin al tio? Ŝajnis al li, ke ĉio okazis tre rapide.

Je la oka horo vespere Emil iris el la loĝejo por ie vespermanĝi. Irante sur la strato ĉe la maldekstra bordo de la Sejno, li vidis etan restoracion kaj eniris ĝin. Ie-tie estis kelkaj personoj, kiuj vespermanĝis. Emil eksidis ĉe tablo. Post minuto venis la kelnerino, juna, simpatia, kiu afable salutis lin kaj donis al li menuon. Emil komencis trafoliumi ĝin scivoleme, dezirante ekkoni la ĉefajn francajn manĝaĵojn. Finfine li elektis stufitan bovidviandon kaj ruĝan vinon. La kelnerino portis la manĝaĵon kaj deziris al li "bonan apetiton".

Emil manĝis malrapide. La agrabla etoso en la restoracio trankviligis lin. Sonis mallaŭta muziko. Plaĉis al Emil la manĝaĵo, la priservo. Li deziris dum longa tempo resti ĉi tie.

Post horo Emil rigardis sian brakhorloĝon. Li iris el la restoracio kaj paŝis preter la granda rivero, simila al arĝenta rubando, kiu respegulis la lumojn de la stratlampoj. Li estis laca. Ŝajnis al li, ke la hodiaŭa tago pasis tre rapide. La aviadilflugado, la renkontiĝo kun Rafael Dermon en la flughaveno, la konversacio en la ambasadorejo. Emil banis sin, enlitiĝis kaj tuj li ekdormis.

27.

La matenaj sunradioj vekis Emilon. Li ne rapidis ellitiĝi, dirante al si: "Mi jam estas en Parizo, mi ne havas urĝan laboron." Dum li laboris en la Novaĵagentejo, li devis rapidi matene por ne malfruiĝi. Tiam li ekstaris el la lito, banis sin, matenmanĝis kaj kuris al la bushaltejo. Dum ok horoj li sidis ĉe la skribotablo kaj tradukis. Nun en Parizo li ne devis rapidi matene. Emil ellitiĝis, eniris la banejon kaj plenigis la bankuvon per varmeta akvo.

Lia korpo malstreĉiĝis en la agrabla akvo. Per fermitaj okuloj li ĝuis la plezuron.

Post la banado Emil eniris la kuirejon, malfermis la fridujon, elprenis buteron, fromaĝon, ŝinkon, preparis matenmanĝon kaj kuiris kafon. Malrapide Emil trinkis la kafon, dirante al si mem: "La tago komenciĝas bonege".

Li vestis sin, prenis la gvidlibron kaj eliris promenadi. Sur la mapo li vidis, ke la loĝejo estas proksima al la ponto "St.-Louis". Li ekiris al la ponto, staris sur ĝi kaj rigardis la riveron. "Sejno, meditis Emil, ekzistas de jarcentoj. Ĝi estas la silenta atestanto de tiom da eventoj. Mi nepre devas promenadi ŝipe laŭ la Sejno"

Emil pasis sur la ponto kaj iris al la insulo "St.-Louis", kie estis belaj malnovaj domoj kun internaj kortoj. De la strato "Pont" li daŭrigis sur la strato "St.-Louis en l'Ile", kie li vidis preĝejon. Ĝi estis "St-Louis en l'Ile". Emil eniris kaj trarigardis ĝin.

Nerimarkeble Emil iris al la katedralo "Notre Dame", sed li decidis ne eniri ĝin. Li daŭrigis al la preĝejo "Saint-Etienne". Parizo ravis lin. Li deziris ekkoni ĝin, esti en la muzeoj, en la teatroj, vidi la famajn parizajn kafejojn, kiujn vizitis pentristoj, artistoj, verkistoj.

De butiko Emil aĉetis kelkajn ĵurnalojn kaj revuojn. Li devis tralegi ilin kaj pretigi informojn, kiujn li sendos al la Novaĵagentejo.

Baldaŭ estis tagmezo kaj Emil ekiris al la restoracio, en kiu hieraŭ vespere li vespermanĝis. Nun en ĝi estis pli da homoj. Preskaŭ ĉiuj tabloj estis okupitaj. En la angulo tagmanĝis maljuna sinjoro. Emil proksimiĝis al li kaj afable demandis lin ĉu eblas sidiĝi ĉe li. La sinjoro respondis:

-Jes.

Emil eksidis. Nun li mendis rostitan ŝafidan viandon. La maljuna sinjoro, kontraŭ li, manĝis rostitan fiŝon kaj trinkis blankan vinon. La sinjoro levis sian glason kaj diris al Emil:

-Je via sano, junulo.

Emil respondis:

-Je via sano, sinjoro

-De kie vi estas? – demandis la maljunulo.

-De Iliria.

-De malproksime vi estas – rimarkis la viro. – Via prononco montris, ke vi ne estas parizano.

La sinjoro eble estis sepdekjara, kalva, kun okulvitroj kaj maldikaj lipharoj. Verŝajne li estis instruisto aŭ universitata profesoro.

-Certe vi estas parizano – diris Emil.

-Jes. Mi naskiĝis ĉi tie kaj jam sepdek jarojn mi loĝas en Parizo. Certe mi ne povus vivi ekster Parizo – diris la viro.

-Vi havis bonŝancon naskiĝi en unu el la plej belaj urboj en la mondo.

-Jes. En la vivo tre gravas la ŝanco – ridetis la viro.

Post la tagmanĝo Emil iris en la loĝejon. En la laborkabineto li atente tralegis la ĵurnalojn kaj la revuojn kaj verkis informon por la Novaĵagentejo. Li komencis aŭskulti radion, dezirante esti bone informita pri la nunaj francaj novaĵoj.

Je la oka horo vespere venis Rafael Dermon.

-Kiel vi fartas? – demandis li.

-Bone – respondis Emil – Hodiaŭ mi iom promenadis en la urbo.

-Vi devas bone ekkoni Parizon.

-Mi tamen bezonos pli da tempo – diris Emil.

-Do, ni komencu nian seriozan laboron – proponis Rafael. – En la kuirejo estas botelo da ĉampana vino. Ni trinku okaze de via alveno en Francio.

Emil iris en la kuirejon, alportis la botelon da ĉampana vino kaj du glasojn.

-Je via sano kaj je la sukceso de via estonta laboro – diris Rafael, levante la glason.

-Je nia sano.

-Mi tre ŝatas ĉampanan vinon – aldonis Rafael, rigardante la kristalan glason.

Li trinkis iomete kaj malrapide li ekparolis:

-Via unua spiona tasko estos tre grava. Vi estas juna kaj espereble vi plenumos ĝin bone.

Emil aŭskultis atente.

-En la Franca Ministerio de la Eksterlandaj Aferoj laboras referendariino, kies nomo estas Silvie Boen. Pere de ŝi ni povus akiri gravajn informojn. Vi devas konatiĝi kun ŝi.

Emil iom surpriziĝis.

-De iom da tempo ni postsekvas Silvie Boen – daŭrigis Rafael. – Ni jam konas ŝiajn kutimojn, kiel ŝi pasigas sian libertempon. Nun Silvie Boen frekventas jogo-kurson. Vi devas komenci frekventi tiun ĉi kurson kaj tiel vi konatiĝos kun ŝi. Ni sukcesis foti ŝin. Jen ŝiaj fotoj.

Rafael prenis el sia poŝo tri fotojn kaj montris ilin al Emil.

-Rigardu ŝin bone.

Sur unu el la fotoj videblis junulino, kiu aĉetadis en nutraĵvendejo. Ne tre alta, ŝi havis helan hararon kaj belan harmonian korpon. Sur la alia foto la sama junulino staris ĉe bushaltejo. Sur la tria foto ŝi estis en kafejo, sidanta ĉe tablo kun alia junulino.

-Bone memoru ŝian vizaĝon – diris Rafael.

-Jes.

Rafael reprenis la fotojn kaj metis ilin en la poŝon.

-Vi komencu regule frekventi jogo-kurson – ripetis li.

-Bone.

Rafael klarigis al Emil kie okazas la kurso, en kiuj tagoj de la semajno ĝi estas kaj je la kioma horo ĝi komenciĝas. Post tiuj ĉi klarigoj Rafael ekstaris kaj diris:

-Mi foriras. Estu tre atentema. Ĝis revido.

-Ĝis revido.

Ekŝajnis al Emil, ke en la loĝejo fariĝis ege silente. Rafael donis la unuan spionan taskon, kiu tre maltrankviligis Emilon. Li demandis sin: "Kiel mi konatiĝu kun Silvie Boen? Kiel mi sukcesos ekscii de ŝi sekretajn informojn?" Tio ŝajnis al li neebla. La unuan fojon en sia vivo Emil devis amindumi virinon por spioni ŝin. Lia maltrankvilo pli kaj pli kreskis kaj kvazaŭ iu premis lian gorĝon. Li estis tute embarasita kaj li trinkis ankoraŭ unu glason da ĉampana vino, demandante sin: "Ĉu mi sukcesos aŭ fiaskos?'

Malfrue nokte Emil enlitiĝis, sed li ne povis ekdormi. Kuŝante en la lito li meditis pri Silvie Boen. "Kiu ŝi estas? Kiel ŝi aspektas? Kion ŝi ŝatas?"

Li devis bone ekkoni ŝin.

28.

La jogo-kurso estis en sporta halo, proksime al la placo "Bastilo". La kursgvidanto, juna hindo, estis kun nigra kiel gudro hararo kaj nigraj okuloj.

Merkrede vespere je la dekoka horo sporte vestita Emil eniris la halon, kie jam estis multaj kursanoj, diversaĝaj. Rigardante ilin Emil senesperiĝis. Kiel li vidu Silvie Boen en tiu ĉi amaso da homoj. Tra laŭtparolilo ina voĉo anoncis la komencon de la ekzercoj. Sur scenejo, antaŭ la kursanoj, ekstaris la hindo, kiu komencis montri la jogo-poziciojn. La ina voĉo klarigis kiel oni devas fari ilin. Emil penis, sed la ekzercoj estis malfacilaj. Li ne kutimis sporti kaj tute ne supozis, ke iam

74

li okupiĝus pri jogo. Daŭre Emil rigardis la ĉeestantojn, sed inter ili li ne vidis Silvieon. "Malfacile mi trovos ŝin, meditis Emil. Eĉ se mi vidus ŝin, kion mi diru al ŝi? Ĉu "saluton, mi estas ĵurnalisto"?

Ne eblas. Laŭ Rafael Dermon alparoli nekonatan virinon estas tre facile. Tamen facile estas ordoni.

La hindo montris la ekzercojn, sed Emil ne atentis kaj eraris. Ŝajnis al li, ke jogo estas turmento, ne plezuro. Kiam la ekzercoj finiĝis, Emil tuj rapidis al la banejo. Li banis sin, vestis sin kaj iris el la halo. Staranta ĉe la elirejo Emil observis la elirintajn kursanojn, tamen li ne vidis Silvieon.

Senespera, li ekiris. En la silenta loĝejo Emil sentis sin ege soleca. Estis la deka horo vespere. "Kiel fartas miaj gepatroj?" li demandis sin. Eble ili opinias, ke ĉi tie en Parizo, mi amuziĝas.

Li eksidis ĉe la skribotablo por skribi al ili leteron, sed li ne povis decidi kion skribi, kion rakonti al ili. Finfine li skribis, ke ĉio en Parizo estas belega kaj ke li fartas bonege. Li skribis pri siaj promenadoj tra la parizaj stratoj. Ja, Emil tute ne deziris maltrankviligi ilin.

Du semajnojn Emil frekventis la jogo-kurson, sed li ne povis vidi Silvieon. Eĉ ŝajnis al li, ke eble ŝi frekventas alian jogo-kurson. Tamen iun tagon Emil rimarkis ŝin kaj surpriziĝis. Silvie estis multe pli bela ol ŝi estis sur la fotoj, kiujn montris Rafael al li. Ŝia svelta korpo similis al antikva greka amforo, ŝia hararo brilis orece kaj ŝiaj okuloj havis ĉielbluan koloron. Ŝia vizaĝo estis glata, ŝiaj lipoj similis al framboj. Silvie diligente faris la ekzercojn. Emil ne kuraĝis proksimiĝi kaj alparoli ŝin.

Post la fino de la ĉi-vespera kurso li kaŝe sekvis Silvieon, irante post ŝi. Evidentiĝis, ke ŝi loĝas proksime al la placo "Bastilo", sur la strato "St. Antoine". Kiam Silvie eniris la multetaĝan domon, Emil ekiris al sia loĝejo. Survoje li ne ĉesis pensi pri ŝi. Eble Silvie estis dudekses- aŭ dudeksepjara, kiel li. Emil jam sciis kie ŝi loĝas, sed li devis pripensi kiel konatiĝi kun ŝi. Silvie ne devis supozi, ke li celas spioni ŝin.

Emil eniris en la restoracion, kie kutime li manĝis. Plaĉis al li, ke la restoracio estas malgranda, trankvila, ĉe la bordo de la Sejno. Eĉ la nomo de la restoracio estis bela "La Kvieta Sejno". Kiam Emil eniris, li tuj rimarkis, ke en la angulo sidas la sinjoro, kiun li jam konas. Emil proksimiĝis kaj afable salutis lin:

-Bonan vesperon kaj bonan apetiton.

-Dankon, juna sinjoro, – respondis la viro. – Bonvolu sidiĝi.

Emil eksidis ĉe la tablo. La kelnerino venis kaj Emil mendis omleton.

-Ĉu vi jam trarigardis Parizon? – demandis la sinjoro.

-Jes. Mi iomete trarigardis ĝin.

La viro ekridetis. Malantaŭ liaj dikaj okulvitroj lia rigardo estis kara kaj amikeca.

-Ĉiu, kiu vidas Parizon, ekŝatas ĝin por ĉiam – diris la sinjoro. – Mia nomo estas Jean-Pierre.

-Mi estas Emil Bel.

-Mi vidas, ke vi jam pli bone prononcas la francajn vortojn – rimarkis Jean-Pierre.

-Mi strebas. Mi aŭskultas radion kaj mi provas alproprigi la parizan prononcon.

-Brave. Baldaŭ vi estos vera franco.

Post la vespermanĝo Emil iris en la loĝejon. Li devis decidi kiel agi rilate al Silvie.

29.

En la sporthalo Emil jam staris pli proksime al Silvie dum la jogo-ekzercoj, sed ne estis oportuna momento por alparoli ŝin.

Iun vesperon li denove sekvis Silvieon. Ŝi ne ekiris al sia domo, sed eniris kafejon. Emil supozis, ke Silvie havas renkontiĝon kun iu. Li same eniris la kafejon kaj de malproksime li observis ŝin. Silvie dum dudek minutoj sidis sola, certe ŝi atendis iun, sed li aŭ ŝi ne venis. Tiam Emil decidis proksimiĝi al ŝi. Li ekiris al la tablo, ĉe kiu sidis Silvie kaj ŝajne nevole li faligis sur la plankon ŝian sportsakon, kiu estis sur la najbara seĝo.

-Pardonu min, fraŭlino – tuj diris Emil. – Mi tute ne rimarkis, ke via sako estas sur la seĝo.

Li tuj klinis sin kaj levis la sakon. Silvie ekridetis kaj diris:

-Ne maltrankviliĝu. Ĉio estas en ordo.

Tiam Emil alrigardis ŝin.

-Ŝajne mi ie vidis vin – diris li.

-Ho – ekridetis Silvie – ne eblas. Mi ne konas vin.

-Ne. Mi certas, ke mi vidis vin. Ĉu hazarde vi frekventas jogo-kurson en la sporthalo ĉe la placo "Bastilo"?

-Jes – surpriziĝis Silvie.

-Mi same frekventas tiun ĉi kurson.

-Ĉu?

-Jes.

-En la kurso estas multe da homoj kaj mi ne vidis vin – diris ŝi.

-Tamen mi vidis vin. Vi estas bela kaj oni tuj rimarkas vin – diris Emil.

Silvie ruĝiĝis, ridetis, rigardis lin iom ruzete.

-Dankon pro la komplimento. Vi ne estas franco, ĉu? – demandis ŝi.

-Jes. Fremdlandano mi estas – respondis Emil. – Ĉu vi permesus, ke mi sidu ĉe vi?

-Bonvolu.

Emil eksidis ĉe la tablo.

-De kiam vi frekventas la jogo-kurson? – demandis Emil.

-Ne de tre longe. Kaj vi?

-De antaŭ du semajnoj.

-Kio venigis vin al Parizo? – demandis Silvie.

-Mi estas akreditita ĵurnalisto de Novaĵagentejo.

-De kiu lando vi estas? – scivolis ŝi.

-De Iliria.

-Mi ne estis en via lando – diris Silvie. – Iam mi deziris esti ĵurnalistino.

-Kio malhelpis vin? – demandis Emil.

-Mi studis alian fakon – respondis Silvie, sed ŝi ne diris kian fakon.

La konversacio direktiĝis al la jogo. Poste ili parolis pri Parizo kaj pri la parizaj vidindaĵoj. Silvie rigardis sian brakhorloĝon kaj diris:

-Estis agrable konversacii kun vi, sed mi jam devas foriri.

-Permesu, ke mi akompanu vin ĝis via domo – diris Emil.

-Ne necesas. Mi loĝas tre proksime.

-Ĝis revido.

-Ĝis revido, ĝis merkredo, kiam ni denove estos en la kurso – diris Silvie.

Emil iris el la kafejo. Finfine li konatiĝis kun Silvie Boen. De tiu ĉi unua renkontiĝo kun Silvie, Emil konstatis, ke ŝi estas komunikema, tamen li devis tre atenti por ne forpuŝi ŝin.

Emil eniris sian loĝejon kaj pretis vespermanĝi, kiam subite iu sonorigis ĉe la pordo. Emil iris malfermi. Estis Rafael.

-Saluton. Kiel vi fartas? – demandis Rafael.

-Dankon, bone. Mi ĵus revenis hejmen.

-Ĉu vi jam bone faras la jogo-ekzercojn?

-Jam pli sukcese – respondis Emil.

-Ĉu vi pli sukcese rilatas al Silvie Boen?

Emil fulme alrigardis Rafael. Sendube li postsekvis Emilon kaj vidis, ke ĉi-vespere Emil kaj Silvie estis en kafejo. Tio kolerigis Emilon. Do, Rafael postsekvas lin. Diable. Tamen Emil provis esti trankvila.

-Jes. Mi konatiĝis kun Silvie Boen – diris li.

-Tre bone. Nun vi devas ekscii de ŝi gravajn informojn. Onidire Francio faris sekretajn nukleajn eksplodojn en Alĝerio. Ni devas nepre havi fidindajn informojn pri tio. Krom tio ni devas scii ĉu Francio planas retiri sian armeon el Alĝerio. Nun Francio intertraktas kun aliaj afrikaj kaj aziaj landoj. Ni bezonas detalajn informojn pri tiuj ĉi sekretaj intertraktadoj. Ni povus ricevi ilin de Silvie Boen. En la Ministerio ŝi havas aliron al gravaj sekretaj informoj.

Emil senmove aŭskultis Rafael. La tasko estis malfacila. Emil ankoraŭ ne bone konis Silvieon.

-Kiel pere de ŝi mi akiru tiujn ĉi informojn? – demandis Emil iom malafable.

-La spionado, kara Emil, estas arto! – diris Rafael. – El la ordinaraj konversacioj kun Silvie vi povus ekscii multon. Ofte dum la konversacioj estas iu hazarda vorto aŭ frazo, kiu enhavas gravan informon. Aŭ iam Silvie povus mencii ion pri sia ĉiutaga laboro, pri siaj gekolegoj, pri ia konversacio kun ili.

Emil rigardis Rafaelon malkontente. Rafael ludis la rolon de lia mentoro.

-La vera spiono – daŭrigis Rafael – akiras informojn eĉ sur la strato, el la konversacioj en tramo, en buso. Ofte la informoj venas de tie, de kie ni ne atendas ilin. La virinoj estas bona fonto de informoj, ĉar ili pli multe parolas ol la viroj. Vi devas eksci ĉu Silvie ŝatas trinki alkoholaĵon. Alkoholaĵoj paroligas homojn. Kiam vi estos kun ŝi, ne zorgu pri mono. Vi havas multe da mono. Estu malavara al ŝi. Aĉetu ĉion, kion ŝi deziras. Tial ŝi ekamos vin kaj estos dankema al vi. Ĉu vi komprenas min? – demandis Rafael.

-Jes.

-Mi atendas la necesajn informojn. Ĝis revido. Estu atentema, singardema kaj kuraĝa!

-Ĝis revido.

Rafael foriris. Emil enpensiĝis. La tasko estis malfacila. Kiel li eksciu de Silvie tiujn ĉi gravajn sekretajn informojn. Silvie eksuspektus lin. Nun Emil devis fari iun agadplanon.

Antaŭ la ekdormo li longe pensis pri sia malagrabla situacio.

30.

Kelkfoje Silvie kaj Emil renkontiĝis, promenadis, kafumis. Iun dimanĉon posttagmeze ili estis en la kafejo "Christine', proksime al la placo "Bastilo".

La tago malvarmis, sed estis agrabla por promenado. Silvie surhavis malhelbluan robon, brunan mantelon kaj blankan ĉapelon sub kiu videblis ŝia oreca hararo.

-Ĉi vi deziras, ke ni iru al Montmartre? – demandis Silvie. – Eble vi ankoraŭ ne estis tie.

-Jes.

Ili veturis per la subtera vagonaro.

-En la francaj romanoj, kiujn mi legis, Montmartre estas ofte menciita – diris Emil. – Mi deziris esti tie.

-Finfine vi estos – ekridetis Silvie.

Ili ekiris sur la ŝtuparon al la baziliko "Sacré-Cœur". De tie videblis mirinda panoramo de Parizo.

-En la antikveco ĉi tie estis romia templo – diris Silvie. – La nomo de tiu ĉi monteto estis "Mons Martis" – "Marsa Monteto". Montmartre estis vilaĝo kun ŝtonminejoj kaj vitkampoj. Silvie rakontis, ke oni komencis konstrui la bazilikon en 1876 je memoro de la pereintaj soldatoj en la Franca-Prusa Milito. La konstruado daŭris ĝis 1919, kiam la baziliko estis sanktigita.

Ili eniris ĝin. Emil estis ravita. Li staris antaŭ la altaro, kiu estis ornamita per bela mozaiko.

-Vidu – diris Silvie – estas pentrita la franca popolo, kiu adoras la sanktan koron de Jesuo Kristo.

De la baziliko ili ekiris sur la pitoreskaj stratoj de Montmartre. Emil rememoris la nomojn de famaj francaj pentristoj, kiuj kreis ĉi tie: Toulouse–Lautrec, Vincent van Gogh, Pierre-Auguste Renoir, Pablo Picasso. Silvie kaj li eniris etan kafejon. Ili sidis ĉe la granda fenestro, de kie videblis la strato. Antaŭ la kafejo estis parko kaj malgranda placo. Ĉio similis al bela bildo, akvarele pentrita. La folioj de la arboj: flavaj, oranĝaj, rustbrunaj brilis kiel moneroj. Ili malrapide falis. Ŝajnis al Emil, ke li vidas la aŭtunon, similan al junulino kun longa oreca hararo, kiu senbrue paŝas sur la eta placo. Nudpieda, vestita en longa oranĝkolora robo la aŭtuno estis kun bunta koliero el arbofolioj.

-Mi ofte venas ĉi tien – diris Silvie. – Kiam mi estas en Montmartre, mi kvazaŭ troviĝas en mirakla fabelo.

Ŝia rigardo estis revema. Mirinda lumo lumigis ŝian laktkoloran vizaĝon. En tiu ĉi momento Silvie estis ege bela. La koro de Emil ektremis. Li ekdeziris esti ĉi tie kun ŝi dum longa tempo kaj ĝui tiun ĉi benitan momenton. Ili ne parolis. Li nur rigardis ŝiajn profundajn ĉielbluajn okulojn kaj li dronis en la inspira silento de Montmartre.

-Ĉu vi naskiĝis kaj loĝis en Stublen, la ĉefurbo de Iliria? – demandis Silvie.

81

-Jes – respondis Emil iom ĝenita, ke Silvie interrompis la silenton. – Kaj vi? Kie vi naskiĝis? – demandis li.

-En Montpeliero. Mi studis en Parizo. Miaj gepatroj loĝas en Montpeliero – respondis Silvie.

Ŝi rakontis al Emil pri sia infanaĝo, pri sia studado en Parizo. Emil malofte demandis ŝin pri io. Li ege atentis, ke li ne estu tro scivolema. Nur de tempo al tempo kvazaŭ hazarde li demandis ŝin ion kaj tiel li provis ekscii detalojn pri ŝia laboro.

-Kia estis via vivo en Iliria? – alrigardis lin Silvie.

Ŝia rideto estis la plej ĉarma rideto, kiun Emil iam vidis.

-Mi finis ĵurnalistikon, mi laboris en la Novaĵagentejo. Ordinare la ĵurnalistoj, kiuj laboras en la Novaĵagentejo, estas akredititaj eksterlande.

-Mi scias, ke la homoj, loĝantaj en orienteŭropaj landoj ne povas libere veturi en okcidenteŭropajn landojn – rimarkis Silvie.

-Jes, vi pravas. Ne estas facile veturi eksterlanden – diris Emil.

-Eble vi deziris viziti iun eŭropan landon? – demandis Silvie.

-Jes. Mi deziris kaj revis kaj mia revo realiĝis. Mi venis en Francion. – Ĉu vi veturis en aliajn landojn? – demandis Emil.

-Mi multe veturis. Mi estis en Aŭstrio, en Hispanio, en Svedlando... – diris Silvie.

-Mi envias vin.

-Tio estas nature. Neniu malpermesas al ni veturi – diris Silvie.

Ŝia vivo estis tute alia, meditis Emil. Ŝi havis la eblon viziti multajn landojn. Mi kaj miaj samlandanoj loĝas fermitaj kiel en tendaro.

Ili fortrinkis la aroman kafon kaj eliris. Malantaŭ ili restis la pitoreska Montmartre, la etaj stratoj, la fabelaj kafejoj kaj trinkejoj.

31.

Iun vesperon post la jogo-kurso Emil diris al Silvie:

-Mi ŝatus inviti vin vespermanĝi en la fama restoracio "La Tour D'Argent".

-Dankon – diris Silvie. – Sabate ni vespermanĝu tie.

Senpacience Emil atendis la sabaton. Li sopiris ĉiun tagon esti kun Silvie, rigardi ŝiajn helajn okulojn, ĝui ŝian rideton, aŭdi ŝian voĉon. Silvie melodie prononcis la sonon "r", kiu ege plaĉis al Emil. Ĝis nun Emil ne konis tian belan virinon kiel Silvie. Ŝi estis kiel lumo por li. Agrable estis promenadi, konversacii kun ŝi. Emil deziris forgesi, ke li konatiĝis kun Silvie spioncele, ke li devas akiri de ŝi sekretajn informojn, igi ŝin delikti. La penso, ke pro li oni maldungos aŭ kondamnos Silvieon pro kontraŭŝtata agado, terurigis Emilon. Li ne deziris kompromiti Silvieon, sed Rafael konstante postulis de li novajn kaj novajn sekretajn informojn, kiujn Emil devis akiri de Silvie. Ofte Rafael riproĉis Emilon:

-Vi agas ege malrapide – diris Rafael. – Vi devas esti pli insista. Instigu ŝin paroli pri sia laboro en la Ministerio. Pli multe demandu ŝin!

Emil silentis. "Ne! meditis li. Mi ne povas esti fiulo. Mi ne povas spioni ŝin!" Tio turmentis Emilon kaj li deziris ne plu plenumi la ordonojn de Rafael, ne plu li mensogu al Silvie. Laŭ la spionaj postuloj, Emil devis malaperi post la akiro de la necesaj informoj kaj neniam plu li vidos Silvie. Ŝi ne scios kial li subite malaperis. Por Emil tio estus terura. Li ne povis imagi tian disiĝon kun Silvie.

Sabate je la sepa horo vespere Emil kaj Silvie iris en la restoracion "Arĝenta Turo", unu el la plej luksaj parizaj

restoracioj ĉe la bordo de la Sejno. Ĉi-vespere Silvie estis tre
eleganta. Ŝi surhavis nigran robon kun iom pli profunda
dekoltaĵo, perlan kolieron, blankan longan ŝalon, nigrajn ŝuojn
kun altaj kalkanumoj kaj etan nigran retikulon. Ŝia parfumo
odoris agrable.

En la restoracio la salonestro bonvenigis ilin kaj afable
montris ilian tablon, kiun Emil antaŭ du tagoj rezervis. La
kelnero demandis ilin:

-Kion vi bonvolos?

Ili mendis anseran hepataĵon kaj ĉampanan vinon.

-Je via sano – diris Emil, kiam la kelnero plenigis la
glasojn.

-Je nia sano – respondis Silvie.

Ŝiaj bluaj okuloj brilis kiel mirindaj gemoj.

-Rakontu ion pri via lando – petis Silvie. - Mi nenion
scias pri ĝi kaj neniam mi supozis, ke mi konos viron el tiu ĉi
fora lando.

-Ĝi ne estas granda – diris Emil, – sed bela, kun multaj
montoj, valoj, riveroj… En la urboj abundas parkoj, ĝardenoj.

-Mi ŝatus iam viziti vian landon – diris ŝi.

-Mi ŝatus viziti vian naskan urbon Montpelieron – diris
Emil.

-Tio estos pli facile. Montpeliero ne estas malproksime
– ridetis Silvie.

Ili mendis fromaĝan salaton kaj poste ĉokoladan torton
por deserto.

Nerimarkeble pasis du horoj en la restoracio. Kiam ili
eliris, ekstere blovis vento. La sennuba ĉielo similis al malhela
granda velo sur kiu kiel perloj brilis sennombraj steloj. Emil
kaj Silvie paŝis laŭ la Sejno, kiu arĝentis kiel kristala spegulo.
La stratoj silentis dormeme. La stratlampoj citronkolore lumis.

Antaŭ la domo, Silvie diris al Emil:

-Venu en mian loĝejon. Ni trinku glason da vino.

-Dankon.

Ili iris al la kvara etaĝo, kie Silvie malŝlosis la pordon de sia ne tre granda, sed belaspekta loĝejo. Ili eniris.

-Bonvolu sidiĝi. Mi alportos vinbotelon – diris Silvie.

Ŝi eliris. Emil eksidis sur kanapon. En la ĉambro estis foteloj, tablo. Sur la muro pendis pejzaĝo – arbaro kaj rivero. Silvie venis, ŝi metis la botelon kaj du glasojn sur la tablon.

-Bonvolu malfermi la botelon – petis Silvie.

Emil malfemis ĝin kaj plenigis la glasojn. Silvie sidis en la fotelo kontraŭe al li. Ŝi alrigardis Emilon kaj diris:

-Dankon.

-Kial?

-Pri ĉio – diris Silvie. – Antaŭ nia konatiĝo – ekparolis ŝi malrapide – mi travivis malfeliĉan amon. Mi suferis depresion. Dum multe da tempo mi havis emon pri nenio. Mi komencis frekventi la jogo-kurson, por ke mi liberigu min de la depresio. Mi renkontis vin kaj estas kvazaŭ mi resaniĝis.

Emil silentis. Li ekstaris, proksimiĝis al ŝi, tenere ĉirkaŭbrakis kaj kisis ŝin. Sekvis longa pasia kiso. Emil levis Silvieon kaj portis ŝin al la dormĉambro, kie li atente metis ŝin sur la liton. Ŝiaj blankaj brakoj ĉirkaŭprenis lin.

La matena lumo vekis Emilon. Ĉe li Silvie dolĉe dormis. Ŝiaj orecaj haroj estis kiel aŭreolo sur la blanka kuseno. Emil estis senmova por ne veki ŝin. Li rigardis Silvieon, sentante por ŝi senliman amon. Silvie malfermis la okulojn.

-Bonan matenon – diris ŝi. – Delonge mi ne dormis tiel bone. Mi sonĝis belegan sonĝon.

Emil kisis ŝin.

-Bonan matenon – diris li.

-Mi scias, ke la mateno kaj la tago estos mirindaj – ekridetis Silvie.

-Kompreneble.

-Feliĉe vi ne devas rapidi al laborejo, sed mi – jes – diris Silvie.

Ŝi ekstaris de la lito kaj iris al la banejo. Kiam ŝi estis preta, ili eksidis por matenmanĝi.

-Vespere atendu min ĉe la placo "Bastilo", en nia ŝatata kafejo "Christine" – diris Silvie.

-La placo "Bastilo" fariĝis la placo de niaj renkontiĝoj – ridetis Emil – placo de nia amo, ne de nia mallibereco.

Ambaŭ iris el la loĝejo kaj Silvie ekrapidis al la Ministerio.

32.

Kiam Emil revenis en sian loĝejon, li vidis en la poŝtkesto noteton de Rafael, sur kiu estis skribita: "Je la deka horo matene mi atendos vin sur la "Place des Vosges".

Rafael postulis de Emil ĉiam novajn informojn el la Ministerio de la Eksterlandaj Aferoj. Emil tamen ne povis ĉiam doni novajn informojn al Rafael.

Sidanta sur benko, proksime al la muzeo de Victor Hugo, Rafael atendis Emilon. Emil proksimiĝis al li kaj rimarkis, ke Rafael estas kolera.

-Kie vi vagis? – demandis Rafael malafable. – Hieraŭ vespere mi venis en vian loĝejon.

-Mi ne devas klarigi al vi – respondis Emil.

Tiu ĉi respondo pli kolerigis Rafaelon.

-Vi estas devigita – diris li. – Ĉi tie mi estas via ĉefo kaj mi devas scii kie kaj kun kiu vi estas. Vi plenumas sekretajn taskojn kaj vi devas informi min pri ĉio.

Emil silente rigardis lin.

-Mi raportos al la Sekreta Servo, ke vi ne plenumas la ordonojn. Ĉu vi havas novajn informojn de Silvie Boen?

-Ne – diris Emil.

-La internacia politika situacio estas serioza – komencis Rafael. – Ni devas scii kion Francio planas entrepreni, kio okazas en Alĝerio. Usono situigas en Izmir, Turkio, raketojn "Jupiter". Usono planas blokadon de Kubo. En la Ministerio Silvie disponas pri la sekreta bulteno de la Ministra Konsilio. Ni devas scii la enhavon de tiu ĉi bulteno. Uzu vian ĉarmon. Kiam virino ekamas viron, ŝi pretas fari ĉion por li. Vi havas fortan armilon.

Emil denove nenion diris.

-Ne forgesu, ke ĉi tie tio estas via laboro. Viaj samaĝuloj en nia lando revas pri via posteno kaj via salajro, kiun vi ricevas ĉi tie – diris iom malice Rafael.

-Ne ĉio estas mono – replikis lin Emil.

-Ĉio estas mono. Se ĉi tie, en Parizo, vi bone laboras, oni sendos vin en alian, pli belan landon, kie via vivo estos fabela. Estu pli aktiva kaj ĉiam informu min kien vi iras kaj kun kiu vi estas.

Rafael ekstaris kaj ekiris sen alrigardi lin. Emil restis sidi sur la benko. Li jam pli kaj pli klare konsciis, ke li ne kapablas esti spiono. Eble iuj homoj havas talenton spioni, sed li – ne. En la Sekreta Servo oni misagis, rilate lin. Tie oni opiniis, ke Emil estos bona spiono, sed oni eraris. Nun Emil estis ege maltrankvila kaj li ne vidis elirvojon el tiu ĉi malfacila situacio.

33.

La posttagmeza suno malrapide sinkis al la horizonto. La sunradioj ludis kun la arbofolioj kaj formiĝis bunta tapiŝo el diversaj koloroj. En tiu ĉi horo sur la fono de la silkblua ĉielo la konstruaĵoj, la arboj aspektis kvazaŭ pentritaj per karbokrajono.

Emil sidis ĉe tablo en kafejo "Christine", atendante Silvieon. Ĉe li sur la tablo estis bukedo de blankaj rozoj, kiun li aĉetis por Silvie. Senteblis la agrabla rozaromo. En la kafejo estis silento. Trankvilo kaj harmonio regis en la animo de Emil. La amo al Silvie kvazaŭ portis lin al fabela mondo. Tra la fenestro li vidis Silvieon, venantan al la kafejo. Ŝi surhavis flavan mantelon kaj similis al eta suno, inter la homoj, irantaj sur la strato.

Silvie eniris la kafejon kaj iris al la tablo, ĉe kiu estis Emil. Li donis al ŝi la bukedon.

-Belegaj rozoj! – diris Silvie. – Dankon.

-Ŝi eksidis ĉe la tablo.

-Kion vi trinkos? – demandis Emil.

-Limonadon.

-Emil mendis limonadon.

-Ĉu vi havas multe da laboro hodiaŭ? – demandis Emil.

-Jes. Ni devis pretigi diversajn dokumentojn – diris Silvie.

-Kiaj dokumentoj?

-Estos grava kontrakto inter Germanio kaj Francio, kiu estos subskribita de Konrad Adenauer kaj Charles de Gaulle.

Emil demandis pri kia kontrakto temas, sed Silvie nenion plu diris. Ŝi lerte ŝanĝis la temon de la konversacio.

-Dimanĉe mi veturos al Montpeliero, al miaj gepatroj. Ĉu vi deziras veni kun mi?

Tiu ĉi neatendita invito emociis Emilon. Li ne nur deziris vidi Montpelieron, sed same konatiĝi kun ŝiaj gepatroj.

-Jes – diris Emil. – Mi vidos vian faman naskiĝurbon.

-Bonege. Ni veturos kaj mi ne enuos veturante.

Silvie havis aŭton, malgrandan "Citroenon" kaj ŝi ŝatis ŝofori, sed ne ŝatis veturi sola.

-Ni ekveturos sabate posttagmeze. Ni tranoktos en la domo de miaj gepatroj. Dimanĉe vi trarigardos la urbon kaj dimanĉe posttagmeze ni ekveturos reen.

-Via plano estas bonega – rimarkis Emil.

-Jes, Mi ŝatas plani ĉion. Mi planas kie mi estu, kun kiu kaj kial.

-Estas bone plani la vivon – diris Emil.

-Tamen ne ĉio dependas de ni mem. Mi ne planis, ke iam mi renkontos kaj konatiĝos kun vi, sed tio okazis. Kvazaŭ iu alia ie planis tion.

Emil alrigardis Silvieon. Ŝi eĉ ne supozis, ke ŝi ege pravis. Iu ie planis, ke Emil konatiĝu kun ŝi. Emil estis maltrankvila. Li ne sciis kion alian planis la homoj, kiuj ordonas al li. Emil sentis konsciencriproĉon. Li ne estis honesta al Silvie. Ŝi kredas, ke Emil estas bona sincera amiko. Ŝi ne supozis, ke li estas spiono, kiu strebas pere de ŝi akiri sekretajn informojn. Se Silvie scius kian taskon Emil plenumas, ŝi tuj forlasos lin kaj neniam plu ŝi deziros vidi lin. Ĉu ŝi konjektas ion? Ĉu ŝi supozas ion? Emil amis Silvieon. Li ne povis imagi sian vivon sen Silvie.

-Kial vi silentiĝis? – demandis Silvie. – Vi diris, ke vi ĝojas, ke ni veturos al Montpeliero, sed subite vi fariĝis tre serioza.

-Mi provis rememori kion mi legis iam pri Montpeliero – mensogis Emil. – Mi menciis al vi, ke mi legis multajn francajn romanojn.

-Eble vi legis, ke Nostradamus kaj François Rabelais studis medicinon en Montpeliero.

-Mi legis la romanon de Rabelais "Gargantua kaj Pantagruel". Mi legis la biografion de Rabelais.

-Jes. Vidu. En via malproksima lando Montpeliero estas konata – ridetis Silvie.

-Ĉu vi opinias, ke en mia malproksima lando oni ne legas librojn kaj oni nenion scias pri Francio?

-Ho, mi tute ne deziris diri tion. Mi bone scias, ke ĉie en la mondo la homoj estas scivolemaj kaj ili deziras scii ĉion pri ĉio – ridetis Silvie.

Vesperiĝis kiam ili iris el la kafejo "Christine".

34.

La veturado al Montpeliero estis agrabla. Silvie ŝoforis kaj Emil ĝuis la ĉirkaŭaĵon, kiu estis ĉe la ŝoseo.

-Mi ŝategas ŝofori – diris Silvie. – En Parizo mi ne uzas la aŭton, tamen de tempo al tempo mi veturas al Montpeliero.

-Estas bone, ke vi havas aŭton. La veturado per vagonaro aŭ per buso ne estas oportuna. Aŭte vi povus ekveturi kiam vi deziras aŭ halti kie vi deziras – diris Emil.

-Ĉu vi spertas ŝofori? – demandis Silvie.

-Ne. Mi ne havas aŭton. En mia lando estas ege malfacile aĉeti aŭton. Eĉ se oni havas monon, oni devas atendi kelkajn jarojn por aĉeti aŭton.

-Unue mi ne deziris ŝofori, tamen mi konstatis, ke la aŭto ne estas lukso, sed neceso – diris Silvie.

En Montpeliero ili alvenis vespere. La gepatroj de Silvie atendis ilin. Antaŭ du tagoj Silvie telefonis al ili kaj diris, ke ŝi venos kun sia amiko Emil, kiu estas fremdlandano.

La domo troviĝis ekster la urbo en pitoreska regiono. Ĝi estis blanka, duetaĝa, kun granda balustrada teraso kaj de malproksime ĝi similis al eta fortikaĵo sur monteto. La patro de Silvie, sesdekjara, blankhara kun bluaj okuloj estis instruisto, sed nun pensiulo. La patrino ne tre alta, maldika kun krispa bruna hararo havis brilajn okulojn kiel maturaj ĉerizoj.

-Jen miaj gepatroj – diris Silvie. - La nomo de mia patro estas Pierre kaj la nomo de mia patrino – Marie.

La patrino de Silvie preparis bongustan vespermanĝon – rostitan fiŝon, frititajn terpomojn, salaton el brasiko kaj karotoj. Dum la vespermanĝo la patro de Silvie menciis, ke la familio havas vinberujon, olivan arbareton kaj li mem produktas tre bonan vinon kaj olivoleon. Ili gustumis la vinon, faritan de Pierre, kiu vere estis tre bona.

Post la vespermanĝo Silvie kaj Emil iris en la ĉambron de Silvie.

-Mia ĉambro estas mia regno – diris Silvie.

Ĝi estis vasta ĉambro kun grandaj fenestroj kaj larĝa teraso.

-Preskaŭ de matene ĝis vespere mia ĉambro estas lumigita de la suno – fiere diris Silvie. – Vidu la belegan panoramon sur la ebenaĵo. De ĉi tie videblas eĉ la Mediteranea Maro. Matene vi vidos la maron, ĝian allogan bluecon.

-Via regno vere estas belega – diris Emil.

Silvie komencis ordigi siajn vestojn en la vestoŝranko.

-Dankon, ke vi venis kun mi – diris ŝi. – Mi deziris konatigi miajn gepatrojn kun vi. Telefone mi diris al ili pri vi.

Silvie kisis Emilon.

-Ĉi tie – daŭrigis Silvie – la aero estas tre pura kaj vi bonege dormos nokte.

Matene la suno invadis la ĉambron. Emil ekstaris senbrue kaj iris al la fenestro. Antaŭ lia rigardo aperis belega panoramo. En la valo estis arbaro, simila al vasta verda maro, lulita de la matena vento. Kontraŭe al la domo, en la malproksimo, estis monteto, sur kiu videblis malnova kastelo. Iom maldekstre bluis la maro. Emil rigardis la pejzaĝon kaj ŝajnis al li, ke li estas en mirakla mondo. Staranta antaŭ la fenestro Emil eksentis, ke Silvie mane tuŝis lian dorson.

Estas belege, ĉu ne? – diris ŝi.

-Ne belege, sed mirinde!

-Mi sciis, ke al vi plaĉos ĉi tie. Ĉi tie mi estas feliĉa – diris ŝi. – Kiam mi venas, mi forgesas ĉiujn malagrablaĵojn. La beleco igas min bonkora kiel eta infano.

Post la matenmanĝo Silvie kaj Emil iris en la urbon.

-Unue ni vidos la Placon de la Komedio – diris Silvie.

La placo estis ege vasta. Sur ĝi videblis la konstruaĵo de la opero kaj proksime estis fontano kun la tri Gracioj. De la placo ili iris al la iama Episkopa Palaco, kie nun estis la medicina lernejo. Poste ili daŭrigis al Promenade du Peyron –

la ĝardeno kun skulptaĵoj kaj akvokondukilo, konstruita de romianoj. Silvie kaj Emil trarigardis la Botanikan Ĝardenon.

-Montpeliero estas alloga urbo – diris Emil.

-Kompreneble, ĉar mi naskiĝis en ĝi – ridis Silvie. – Dum unu tago vi ne povas trarigardi ĝin, sed ni denove venos ĉi tien – promesis Silvie.

Posttagmeze Silvie kaj Emil adiaŭis la gepatrojn de Silvie kaj ili ekveturis al Parizo.

35.

Emil havis multe da laboro. En Francio okazis gravaj eventoj, pri kiuj li devis verki informojn kaj sendi ilin al la Novaĵagentejo. La franca registaro komencis solvi la problemojn rilate al la sendependenco de Alĝerio, Kamboĝo, Vjetnamio. La prezidento Charles de Gaulle transprenis la komandadon de la raketaj armiloj kaj en la dezerto Saharo estis faritaj nukleaj eksplodoj. La 8-an de septembro 1961 la dekstra "Organizo de Sekreta Armeo" faris atencon kontraŭ de Gaulle, kiu feliĉe ne sukcesis.

La Sekreta Servo postulis de Emil pli da informoj pri la francaj nukleaj raketoj. Tamen Emil ne povis akiri tiujn ĉi informojn.

Rafael pli kaj pli premis Emilon.

-Vi devas esti pli aktiva – insistis Rafael. – La artikoloj, kiujn vi sendas al la Novaĵagentejo estas aktualaj, sed la Sekreta Servo bezonas pli specialajn informojn. Ni devas scii kion entreprenos Francio rilate al la Nord-Atlantika Traktat-Organizo (NATO).

-Mi agas – respondis Emil.

-Vi devas kontakti pli multajn homojn, el kiuj vi ĉerpu informojn. Pli ofte vi vizitu la solenajn aranĝojn de la diversaj ambasadorejoj, kie vi renkontos fremdlandajn diplomatojn, ĵurnalistojn. Vi estas internacia ĵurnalisto kaj vi havas permesilon al ĉiuj internaciaj eventoj.

-Jes.

-Ni devas ricevi informojn el diversaj fontoj – diris Rafael. – Ĉi-vespere en la ambasadorejo de Okcidenta Germanio estas solenaĵo, okaze de la nova germana ambasadoro en Francio. Vi nepre devas iri tien.

-Bone.

-Sciu, ke la registaro de Okcidenta Germanio ne aprobas la politikajn decidojn de de Gaulle – diris Rafael.

Vespere Emil iris en la ambasadorejon de Okcidenta Germanio, kie oni devis prezenti al la diplomatoj la novan germanan ambasadoron. En la granda salono tumultis diplomatoj, politikistoj, ĵurnalistoj. Emil staris proksime al la fenestro, kiu rigardis al la ĝardeno de la ambasadorejo. Li observis la ĉeestantojn kaj meditis kiun el ili li alparolu. Emil rimarkis la germanan gazetaran ataŝeon Franz Dungert, kiu estis samaĝa kiel Emil. Ili bone konis unu la alian.

Franz Dungert, alta maldika kun blonda hararo, havis blankan vizaĝon kun lentugoj. Emil proksimiĝis al li.

-Saluton, Franz – diris li.

-Ho, mi delonge ne vidis vin.

Ili staris iom flanke de la aliaj gastoj kaj komencis konversacii. Ambaŭ strebis ekscii ion novan unu de la alia. Ili parolis pri diversaj temoj. Franz Dugert opiniis, ke de Gaulle celas, ke Francio estu alternativo al Usono kaj al Sovetunio.

-De Gaulle – diris Franz – sekvas sian politikon, sendependan de la grandaj potencaj ŝtatoj.

Emil konsentis. De Gaulle strebis krei fortan stabilan ŝtaton. Dum la konversacio Emil eksciis iujn detalojn pri la politiko de Okcidenta Germanio, kiujn li povus utiligi en la informoj. Parolante kun Franz, Emil rememoris la vortojn de

93

Rafael: "La spiono devas ĉerpi informojn el la ordinaraj konversacioj."

Kiam Emil estis studento, li opiniis, ke ĵurnalistiko estas la plej interesa kaj alloga profesio, sed nun li bone komprenis, ke esti ĵurnalisto signifas esti spiono. Kaj la ĵurnalistoj, kaj la spionoj strebas al sekretaj informoj. Ili devas esti ĉiam bone informitaj kaj scii kiel uzi la informojn. En Francio Emil konvinkiĝis, ke la informoj estas mono. Oni devas ne nur havigi informojn, sed bone vendi ilin. Pri tio necesas talento. Ĝuste tio ne plaĉis al Emil. Li ne deziris esti komercisto. Emil jam konstatis, ke ĵurnalistiko ne estas honesta profesio. Iam Emil kredis, ke ĵurnalistoj strebas al vero, al objektiva informado, sed nun li ne plu kredis tion.

Malfrue vespere Emil revenis en sian loĝejon. Antaŭ ol enlitiĝi, li meditis pri sia laboro en Parizo, kiu timigis lin. Li cerbumis kiel trovi eliron. Jam en Stublen li falis en tiun ĉi kaptilon, el kiu nun ne eblis eliri. Evidente oni tre atente observas min, meditis Emil. Oni scias ĉiun mian paŝon, ĉiun mian agon.

Kelkfoje Rafael aludis al Emil, ke li estas spionata. Eble en la ambasadorejo estas iu aŭ iuj, kiuj postsekvas Emilon. Nun Emil demandis sin ĉu la franca sekreta polico jam scias, ke li estas spiono? Oni diras, ke la anoj de la franca sekreta polico estas tre spertaj kaj eble ili jam same atente observas Emilon. Certe Emil jam estas inter du fajroj, tre danĝeraj. De unu flanko la Sekreta Servo – de alia flanko – la franca polico.

Emil strebis esti atentema, sed li bone sciis, ke malfacile li savos sin. Terurigis lin la penso, ke la anoj de la franca sekreta polico arestos lin. Sekvos sekreta kondamno. Neniu ekscios, ke li estas en iu franca malliberejo. Tiu ĉi penso ŝvitigis lin. Malvarma ŝvito fluis sur lia dorso.

Emil ekstaris de la lito, iris al la fenestro kaj longe rigardis eksteren. Ĉu eĉ nun oni observas min? Eble oni jam scias pri mi kaj Silvie, kaj eble oni postsekvas ŝin. Tio terurigis Emilon. Li ne deziris, ke Silvie suferu pro li. Emil forte amis Silvieon. Ja, la vera amo estas, kiam oni strebas, ke la amata homo estu feliĉa. Emil sincere bedaŭris, ke li konatiĝis kun Silvie kaj pro li ŝi havus seriozajn malagrablaĵojn.

Ĝis la mateno Emil ne dormis. Tagiĝis. Li fartis tre malbone. Li estis laca, nervoza. Lia vizaĝo palis kiel marmoro.

36.

Tiu ĉi vintra vespero estis tre bela. La neĝo kovris la domojn, la stratojn, la arbojn. La tuta urbo estis blanka. La arboj similis al sveltaj junulinoj kun elegantaj blankaj ĉapeloj. La stratlampoj estis kiel flavaj okuloj kaj la blanka neĝo respegulis ilian lumon.

Emil kaj Silvie iris sur la straton, reveninte el teatro. Ĉi-vespere en la teatro "Comédie-Française" ili spektis "Tartufo"n de Molière. Ambaŭ iris silente. Al Emil plaĉis la komedio, li ŝatis la teatrajn prezentojn. Kiam li estis lernanto, li ludis en lerneja teatra trupo, en kiu oni prezentis fabelojn. Por Emil tio estis granda ĝojo. Tiam li revis esti aktoro, li imagis la teatraĵojn, en kiuj li ludos, la publikon, kiu verve aplaŭdos lin.

La francaj geaktoroj estis tre talentaj. Emil sciis, ke la "Comédie-Française" estas unu el la plej famaj parizaj teatroj, tamen neniam antaŭe li pensis, ke li spektos teatraĵojn en tiu ĉi teatro.

En la domo de Silvie estis agrable varme. Ili demetis la mantelojn.

-Sidiĝu – diris Silvie. – Mi kuiros teon.

Emil eksidis sur la kanapon. Silvie iris en la kuirejon kaj post iom da tempo ŝi alportis du glasojn da aroma teo. Silvie eksidis apud Emil. Ŝajnis al li, ke en ŝiaj okuloj videblis ombro. Ŝia rigardo estis serioza. Tio maltrankviligis Emilon. Preskaŭ ĉiam Silvie havis bonan humoron, sed nun ŝi silentis.

Eble ŝi deziris diri ion al Emil, sed ŝi hezitis. La maltrankvilo pli kaj pli forte premis Emilon. "Ĉu Silvie jam scias, ke mi estas spiono?" Tiu ĉi penso eklumis kiel fulmo kaj paralizis lin. En tiu ĉi momento Emil pretis ekstari, foriri kaj neniam plu vidi Silvieon. "Ŝi estas sincera, ŝi amas min, tamen se ŝi scius, ke mi estas spiono, ŝi tuj malamos min."

Silvie alrigardis Emilon kaj malrapide ekparolis:

-Mi diros ion al vi.

Emil ektremis kvazaŭ frosta vento puŝis lin.

-Mi tre hezitis ĉu mi diru aŭ ne – daŭrigis Silvie pli malrapide.

Nun Emil komencis ŝviti. Post la frosta vento, kiun li sentis, nun subite li varmiĝis. Silvie rimarkis lian maltrankvilon kaj ŝi tuj ekparolis:

-Mi estas graveda.

Tiuj ĉi vortoj kiel ponardo pikis Emilon. Tion li ne atendis. Li restis senmova kiel ŝtono.

-Mi sciis, ke tio surprizos vin – diris Silvie. – La gravedeco surprizis same min.

Emil silentis.

-Mi komprenas. Vi estas fremdlandano. Ankoraŭ du jarojn vi estos en Francio. Poste vi forveturos kaj forgesos min. Mi abortigos!

Emil kvazaŭ vekiĝis el koŝmara sonĝo.

-Ne! – preskaŭ ekkriis li. – Vi ne abortigu! Vi ne mortigu la infanon. Ĝi estas nia infano kaj mi ne permesos tion. Ni estos kunaj.

Silvie alrigardis lin.

-Ni loĝas en du diversaj landoj. Mi bone scias, ke en via ŝtato oni ne permesas al la junuloj edziĝi al junulinoj el okcidenteŭropaj landoj. Civitanoj de via ŝtato ne povas loĝi en okcidenteŭropa lando. Oni ne permesos al vi edziĝi al mi.

-Neniun mi demandos! – diris Emil. – Mi restos ĉi tie. Mi estos enmigrinto. Mi ne revenos en mian landon! Mi estos kun vi! La infano havos patron kaj patrinon.

Silvie ekploris.

-Mi ege maltrankviliĝis pri vi kaj pri la infano. Mi opiniis, ke vi forveturos, ke vi forgesos min kaj neniam plu mi vidos vin.

-Ne diru tion. Mi amas vin. Mi ekamis vin jam en la tago, kiam mi vidis vin. Ĝis nun mi neniun amis tiel forte kiel vin. Ni estos kune. Ni zorgos pri nia infano.

-Mi same amas vin. Kun vi mi travivis belegajn momentojn – diris Silvie. – Dank' al vi mi vidis, ke la vivo estas bela. Oni devas vivi. Nun mi estas feliĉa, ke mi donos vivon al eta estaĵo, kiu estas en mi. Mi forte deziras vidi ĝin. Mi deziras scii ĉu ĝi estos knabo aŭ knabino, al kiu el ni ĝi similos, kiel ĝi parolos, kiel ĝi ridetos. Jam mi pensas nur pri ĝi.

-Mi same deziras vidi ĝin. Mi same deziras aŭdi ĝiajn unuajn vortojn – diris Emil. – Estu trankvila. Forgesu la malagrablajn momentojn. Pensu nur pri nia infano.

-De nun miaj pensoj estos nur ĝojaj – diris Silvie.

-Vi devas pli multe ripozi. Vi havu fortojn por du homoj. Vi devas prizorgi vin kaj la infanon.

-Jes – ridetis Silvie. – Mi ripozos. La infano bone fartos.

37.

Tutan semajnon Emil kvazaŭ ne sciis kie li estas, ĉu sur la tero aŭ en la ĉielo. Lia vivo tute renversiĝis. Ŝajnis al Emil, ke li staras sur roko kaj subite li falos en profundan abismon. Kio okazos? Li diris al Silvie, ke li restos loĝi en Francio, sed tio tute ne estis facile. Li bone sciis, ke se li enmigrus, oni punos lin. Estis facile diri "mi enmigros", sed ekagi estos danĝere kaj riske. La kapo de Emil zumis kvazaŭ en ĝi funkciis elektromotoro. Emil ne povis trankvile logike rezoni. En la sama momento li senlime ĝojis. "Mi estos patro – ripetis li fiere. – "Havi infanon estas grandega feliĉo. Li deziris krii, diri, ke li havos infanon, ke li estos patro, sed en Parizo li estis sola. Liaj gepatroj estis malproksimaj. Ĉi tie li ne havis amikojn, konatojn. Nun Emil amare konsciis, ke spionoj vere estas la plej solecaj homoj en la mondo. Ili devas kaŝi sin, kaŝi siajn sekretojn, sentojn, pensojn. Neniu devas scii kion ili pensas, kiel ili meditas, kion ili planas, kion ili faras, ĉu ili ĝojas aŭ malĝojas. La spionoj devas esti nerimarkeblaj.

La kaptilo, en kiu Emil troviĝis, fariĝis pli kaj pli turmenta. Li ne povis frakasi ĝin, ne povis iri el ĝi, ne povis esti libera. Emil ne deziris plu plenumi ordonojn, li ne deziris spioni kaj raporti. Tamen li ektimis, ke oni arestos kaj kondamnos lin. Nun li devis zorgi ne pri si mem, sed pri sia estonta infano kaj pri Silvie. Li devis fari ĉion eblan, por ke la vivo de la infano estu trankvila kaj feliĉa. Jam Emil devis kuraĝe ekagi.

La mateno serenis. La ĉielo bluis kiel granda infana okulo. Emil iris sur la balkonon de la loĝejo kaj li profunde enspiris la aeron. Tio freŝigis kaj vigligis lin. Li eniris la banejon. La agrabla akvo karesis lian korpon. Post la baniĝo li faris matenmanĝon. Li kuiris kafon kaj eksidis por matenmanĝi. Hodiaŭ li ne havis urĝajn taskojn. Li nur devis tralegi la matenajn ĵurnalojn kaj traduki la aktualajn novaĵojn.

Iu sonorigis ĉe la pordo. Emil iris malfermi. Estis Rafael.

-Bonan matenon – diris Rafael.

-Bonvolu eniri – invitis lin Emil. – Ĉu vi trinkos kafon?

-Dankon. Mi jam trinkis kafon – diris Rafael. – Mi venas pli frue, ĉar estas urĝaj taskoj.

Emil alrigardis lin kaj malrapide, sed firme li diris:

-Mi plu ne plenumos la ordonojn de la Sekreta Servo!

Rafael stuporiĝis. Ŝajnis al li, ke li ne bone aŭdis kaj ne komprenis kion diris Emil.

-Kion? – eksiblis Rafael.

-Mi ne plu spionos! – ripetis Emil.

-Kial?

La vizaĝo de Rafael iĝis ruĝa kiel tomato.

-Mi decidis! – diris Emil.

-Tio ne eblas! Vi subskribis kontrakton! Vi estas devigita! Vi devas plenumi la ordonojn! – koleriĝis Rafael.

-De nun mi estos libera homo! – trankvile deklaris Emil.

-Vi freneziĝis! Ĉu vi estas malsana?

Rafael ne sciis kion diri.

-Mi estas tute sana!

-Ĉu vi enamiĝis? – demandis Rafael. – Vi bonege scias, ke la spionoj devas ne enamiĝi. Tio estas tute malpermesita!

-Mi scias. Mi ĉion scias!

-Vi estos kondamnita. Oni tuj veturigos vin en nian landon, kie vi estos enprizonigita! – minacis lin Rafael.

-Mi decidis! – ripetis firme Emil.

-Povrulo. Vi tute freneziĝis. Vi bruligos ĉiujn pontojn. Vi forlasos la altan salajron, la prestiĝan oficon. Vi estos neniu!

Pro kolero Rafael komencis balbuti.

-Pripensu bone! Verŝajne nun vi ne havas bonan humuron kaj vi parolas stultaĵojn – diris Rafael. – Morgaŭ mi venos kaj ni parolos trankvile.

Rafael ekstaris kaj foriris. Post lia foriro Emil diris al si mem:

-Jes. Mi decidis. Mi devis fari tion! Nun mi rapide foriru.

Emil prenis la plej necesajn aĵojn. Li bruligis kelkajn notetojn, kiujn li skribis kaj li forlasis la loĝejon.

38.

Preskaŭ dum la tuta tago Emil estis en Montmartre, en eta kafejo. Li sidis ĉe tablo en la angulo. La juna kelnerino kelkfoje venis al li. Emil mendis nur kafon kaj sandviĉon. Ĉi tie, en Montmartre, videblis diversaj stranguloj kaj nun Emil similis al ili. La kelnerino opiniis, ke li estas senhejmulo aŭ eble verkisto, pentristo, strangulo, kiu deziras pasigi la tagon en la kafejo.

Kiam vesperiĝis Emil ekiris al la loĝejo de Silvie. Li eniris la domon, supreniris al la kvara etaĝo kaj sonorigis ĉe la pordo. Post sekundoj Silvie malfermis la pordon.

-Bonvolu – diris ŝi.

Kiam Emil eniris, Silvie vidis, ke li portas valizon.

-Kio okazis? – demandis ŝi maltrankvile.

-Mi decidis - diris Emil – mi petos politikan azilon en Francio. Mi forlasis mian ĵurnalistan postenon.

Silvie alrigardis lin.

-Dum mi ricevos politikan azilon, mi devas kaŝi min – diris Emil.

Silvie ĉirkaŭbrakis kaj kisis lin.

-Vi estos en mia loĝejo – diris ŝi.

-Mi ne povas loĝi ĉi tie. Oni scias pri vi – alrigardis ŝin Emil.

-Tiam vi veturos al Montpeliero. Vi estos ĉe miaj gepatroj. Por iom da tempo vi loĝos tie dum ni aranĝos vian politikan azilon en Francio – proponis Silvie.

-Ĉu mi ne ĝenos viajn gepatrojn? – demandis Emil.

-Ili jam scias, ke vi estas la patro de nia infano.

-Dankon.

-Morgaŭ frumatene vi ekveturos al Montpeliero. Mi telefonos kaj paĉjo atendos vin ĉe la stacidomo – diris Silvie.

-Dankon.

-Nun mi pretigos vespermanĝon kaj ni vespermanĝos kiel vera juna familio – ridetis Silvie. – Mi ĝojas, ke de nun ni ĉiam estos kune.

Silvie iris en la kuirejon. "Ĉu mi ne eraris? – demandis sin Emil. Ĉu mi ne agis tro emocie?" Li bone sciis kio okazos. Oni serĉos lin. Li estis spiono, kiu demisiis. Oni punos lin. Silvie ankoraŭ ne sciis, ke li estas spiono. Emil tamen ne povis longe kaŝi tion de ŝi. Baldaŭ Silvie ekscios tion. Kiel ŝi reagos? Kion ŝi opinios pri li? Tiuj ĉi demandoj turmentis Emilon. Nur la penso, ke baldaŭ li fariĝos patro estis kiel lumradio por li. Pri la estonta infano Emil pretis akcepti ĉiujn malfacilaĵojn kaj suferojn.

Silvie eniris la ĉambron, portante la vespermanĝon. Ŝi kuiris bongustan anseran hepataĵon.

-Bonan apetiton – diris ŝi.

-Bonan apetiton.

Silvie milde rigardis lin.

-Vi estas malĝoja. Ne maltrankviliĝu. Ĉio estos en ordo. Ni estas en Francio, en libera lando, en kiu la homoj vivas libere kaj ili mem decidas kiel vivi – diris Silvie.

Post la vespermanĝo Silvie kaj Emil enlitiĝis, sed dum la tuta nokto Emil ne ekdormis.

39.

Post la konversacio kun Emil, Rafael tuj reiris al la ambasadorejo. Li telefonis al Anton Silik en la Sekreta Servo.

-Kio okazis? – demandis Silik.

-Mi sendos al vi ĉifritan leteron el kiu vi ekscios kio okazis – diris Rafael.

-Bone.

Du tagojn poste, Anton Silik venis en Parizon. Rafael atendis lin ĉe la flughaveno. Ambaŭ eniris la aŭton kaj ekveturis al la ambasadorejo. Dum la veturado ili ne konversaciis. Anton Silik jam sciis kio okazis kaj li estis ŝokita. En la ambasadorejo ili iris en la kabineton de Rafael.

-Bonvolu sidiĝi – diris Rafael al Anton kaj montris fotelon.

Anton eksidis. Videblis, ke li estis tre maltrankvila. Ĝis nun tia fiasko ne okazis. Neniu spiono kuraĝis demisii. Ĉiu tre bone sciis kio sekvos, se iu ne plenumos la taskojn aŭ rezignos agi. Anton silentis kaj rigardis la kabineton de Rafael. Ĝi estis modeste meblita: skribotablo, ŝranko, seĝoj, du foteloj, kafotablo.

-Kion vi trinkos? – demandis Rafael.

Anton ne deziris trinki, tamen malrapide li diris:

-Se mi jam estas en Francio, mi trinkos francan konjakon.

Rafael prenis el la vitra ŝranko botelon da konjako, du glasojn kaj verŝis iom da konjako en la glasojn. Anton trinkis iomete.

-La situacio estas skandala! – diris li.

-Ne skandala, tre danĝera!

-Mi neniam supozus, ke Emil Bel agos tiel – daŭrigis Anton.

Rafael ekridetis ironie.

-Kiam li venis en Parizon, mi konjektis, ke li ne taŭgas por esti spiono – diris Rafael.

Rafael ne deziris diri al Anton, ke multfoje li avertis Emilon agi pli aktive. Emil ne estis decidema. Li hezitis, meditis kaj ne agis. Ja, la spionoj devas esti agemaj, riskemaj, ne timi la danĝerajn situaciojn. Rafael certis, ke Anton ne sukcesis elekti la plej taŭgan personon por spioni en Parizo. Tamen Anton Silik estis la estro kaj Rafael tute ne emis diri tion al li.

-Emil Bel aspektis serioza viro – kvazaŭ al si mem diris Anton. – Mi atente kaj detale esploris lian vivon.

-Ĉu li ne havis iajn psikajn problemojn? – demandis Rafael.

-Ne. Li estis tute sana. Dum la spionotrejnado oni kontrolis lian psikon kaj lian fizikan staton. Li estis sana.

-Mi supozas, ke li enamiĝis – diris Rafael.

Rafael certis, ke Emil enamiĝis, tamen li diris: "mi supozas".

-Tio ne eblas! – tuj reagis Anton. – Emil tre bone sciis, ke enamiĝi estas tute malpermesite.

-Ja, vi scias, ke li spionis junulinon, kiu laboras en la franca Ministerio de la Eksterlandaj Aferoj.

-Enamiĝi! Tio ne eblas! – ripetis Anton kolere.

-Povas esti, ke Emil fariĝis franca spiono – supozis Rafael.

-Ne! Li ne eklaborus ĉe alia Sekreta Servo. Li ne estas avida persono. La mono ne interesas lin – diris Anton.

-Ĉio okazas. Oni ne povas antaŭvidi kiel agos iu homo – diris Rafael.

Anton ege bedaŭris, ke okazis tio. Nun li kompatis Emilon. Anton certis, ke Emil estus bonega spiono, ke ĉi tie, en Parizo, li fariĝus sperta kaj perfekta spiono. Tamen Emil mem detruis sian estontan vivon. Li fermis la pordon al agrabla vivo. Li estus povinta vivi lukse eksterlande.

-Ni trovu lin! – diris Anton.

-Jes!

-Ni rapide trovu lin – ripetis li. – Emil tre bone konas nian laboron kaj tio estas danĝera. Li multe scias pri nia eksterlanda agado. Se ĉi tie, en Francio, oni eksciis, ke li estis spiono, tio kaŭzus politikan skandalon.

-Sendube.

Rafael konis ĉiun lian paŝon kaj Emil ne povos longe kaŝi sin.

40.

Emil pasigis la tagojn en Montpeliero, en la domo de la gepatroj de Silvie. En la ĉambro de Silvie li ofte staris ĉe la granda fenestro kaj rigardis la belan ĉirkaŭaĵon: la arbaron, la monteton, sur kiu estis la malnova kastelo, la bluecon de la Mediteranea Maro en la malproksimo. Daŭre li demandis sin: "Ĉu mi bone agis? Eble mi ne devis tiel rapide decidi? Mi kaŭzos al Silvie kaj al ŝiaj gepatroj multe da malfacilaĵoj."

Emil sciis, ke li ne povas kaŝi sin longe ĉi tie. Li esperis, ke Silvie helpos lin ricevi politikan azilon en Francio.

Silvie ofte venis en Montpeliero. Hodiaŭ ŝi denove venis. Kiel ĉiam ŝi havis bonhumuron.

-Saluton – diris Silvie. – Ĉi tie vi bone fartas. En Parizo mi laboras kaj vi ĉi tie ripozas.

-Kiel fartas la bebo? – demandis Emil.

-Bonege. De tempo al tempo ĝi piedpuŝas min. Hieraŭ mi estis ĉe la kuracisto kaj li diris, ke ĉio estas en ordo. La bebo bone kreskas. Mi jam devas zorgi pri iuj bebaj aĵoj kaj vestoj. Mi planas naski ĉi tie, en Montpeliero, por ke panjo helpu min dum la unuaj tagoj post la nasko.

-Tio estas bona ideo – diris Emil.

-Morgaŭ ni ambaŭ iros trarigardi la vendejojn kaj elekti iujn bebajn aĵojn – diris Silvie.

-Mi ne devas esti en la urbo.

-Ne maltrankviliĝu. Neniu scias, ke vi estas en Montpeliero – ridetis Silvie.

Matene, post la matenmanĝo, Silvie kaj Emil iris al la centro de la urbo. Ili estis en kelkaj vendejoj, rigardis la bebajn aĵojn kaj vestojn. Silvie ĝojis. Emil tamen estis maltrankvila. Ŝajnis al li, ke iu observas kaj sekvas ilin. "Ĉu mi tro timas? – meditis Emil. Eble neniu scias, ke mi estas ĉi tie, en Montpeliero."

Ili iris el vendejo kaj ekiris sur la straton. Estis multe da homoj. Emil kaj Silvie paŝis malrapide, rigardante la vitrinojn de la vendejoj. Subite Emil sentis, ke io pikis lin dorse. Li turnis sin. Juna virino rapide preterpasis lin, sed Emil ne vidis ŝian vizaĝon. Li nur vidis, ke la virino estis vestita en malhelblua mantelo kaj ŝi havis longan nigran hararon. Silvie kaj Emil daŭrigis iri sur la strato.

Ili revenis hejmen. La gepatroj de Silvie atendis ilin por tagmanĝo. La patrino kuiris bongustan tagmanĝon – rostitan ŝafidan viandon kun legoma salato. Ili trinkis vinon, kiun la patro de Silvie produktis.

Posttagmeze Emil ne fartis bone.

-Kio estas? – demandis Silvie.

-Mi havas febron kaj mi sentas min ege malforta – diris Emil.

-Ĉu? – miris Silvie. – Antaŭtagmeze vi bone fartis.

-Jes, sed nun tre malbone.

Emil rememoris, ke io pikis lin dum la irado sur la strato.

-Bonvolu vidi ĉu sur mia dorso estas ia vundo – petis li de Silvie.

Li malvestis sin kaj Silvie rigardis lian dorson.

-Jes – diris Silvie – estas eta vundo, kiu similas al punkto, sed ĝi estas ruĝa.

-Eble ĝi estas la kialo pri mia febro – supozis Emil.

-Tamen ĝi estas tre malgranda – miris Silvie.

Post duonhoro Emil jam ege malbone fartis. La febro iĝis pli alta. Li ŝvitis kaj peze spiris. Silvie maltrankviliĝis. Ŝi telefonis al malsanulejo. Post dudek minutoj venis ambulanca aŭto, kiu veturigis Emilon. Silvie rajtis akompani lin. Ŝi ne komprenis kial tiel subite Emil malbone fartis. Ĉio okazis tre rapide.

La aŭto veturis rapide. En la malsanulejo oni tuj portis Emil al la urĝejo. Silvie restis en la koridoro de la malsanulejo.

Tre timigita ŝi atendis kuraciston por diri al ŝi kia estas la stato de Emil. Pasis eble horo. Finfine venis kuracisto, kiu diris al Silvie:

-Sinjorino, via konato estas en danĝera stato, sed ni esperas savi lin. Bonvolu reveni morgaŭ, tiam ni diros al vi ĉu lia sanstato pliboniĝos.

-Dankon, sinjoro doktoro.

Silvie iris el la malsanulejo, plorante. La suno jam subiris. Silente vesperiĝis. La folioj de la arboj en la korto de la malsanulejo susuris kaj ili kvazaŭ flustris al Silvie: "Ne ploru. Ĉio estos en ordo".

41.

Emil estis sola en la malsanuleja ĉambro. Li senmove kuŝis en la lito. La rememoroj kiel rabaj birdoj atakis lin. Kial en krizaj momentoj oni rememoras sian infanecon? Verŝajne, ĉar tiam la vivo estis la plej trankvila kaj serena. Tiam ne estis zorgoj, ne estis danĝeraj travivaĵoj. La gepatroj zorgas kaj protektas la infanojn.

Emil demandis sin: "Ĉu mia vivo povus esti alia? Mi naskiĝis kaj loĝis en malriĉa laborista kvartalo, sed mi finis universitaton. Ĉu eble mi povis esti ordinara laboristo, kiu eĉ nun loĝus en tiu randa kvartalo? Al kiu direkto irus mia vivo tiam? Kio okazus al mi, se mi havus alian profesion, se mi ne estus fininta universitaton?"

En la malsanulejan ĉambron eniris kuracisto.

-Kiel vi fartas? – demandis la kuracisto.

-Kio okazis al mi, sinjoro doktoro? – demandis Emil.

-Iu provis veneni vin. Tamen vi havis bonŝancon.

Kvazaŭ io denove trapikis Emilon.

-Oni injektis al vi venenon. Estis kiel mordo de serpento, sed la veneno ne tuj efikis.

-Sinjoro doktoro, dankon, ke vi savis min – diris Emil.
-Vi havis bonŝancon.
-Tamen vi faris ĉion eblan.
-Tio estas nia devo – diris la kuracisto kaj iris el la ĉambro.

Tra la fenestro de la malsanuleja ĉambro gvatis la suno. La pordo malfermiĝis kaj eniris Silvie. La ĉambro subite kvazaŭ fariĝis pli luma.
-Saluton – diris Silvie. – Ĝis nun oni ne permesis al mi veni al vi, tamen mi insistis. Finfine la kuracisto permesis. Kiel vi fartas?
-Pli bone. Mi ne mortis.
-Mi portas al vi vinberojn de nia ĝardeno. Paĉjo diras, ke ĉi-aŭtune la vinberoj estas tre bongustaj kaj li produktos bonegan vinon.
Silvie metis sur la ŝranketon ĉe la lito saketon da maturaj vinberoj.
-Dankon – diris Emil.
-Paĉjo kaj panjo salutas vin kaj ili deziras al vi rapidan resaniĝon.
-Bonvolu saluti ilin – diris Emil. – Mi dankas al ili, ke ili akceptis min loĝi en ilia domo.
-Tio estis tute komprenebla – diris Silvie.
-Kion diris al vi la kuracisto? - demandis Emil.
-Li diris, ke vi rapide resaniĝos.
Emil alrigardis la plafonon de la ĉambro. Dum iom da tempo li silentis. Post nelonge, li ekparolis:
-Ĝis nun mi ne diris al vi, sed nun mi diros.
-Kion?
-Mi estis spiono. Mi spionis vin.
Silvie rigardis lin.
-Mi scias – diris ŝi.
-Ĉu?

-Jes. Ĉu vi opiniis, ke niaj sekretaj agentoj ne estas lertaj? Ili avertis min – diris Silvie, – sed mi ekamis vin. Vi estas la plej ĉarma spiono.

Emil silentis stuporita.

-Nun gravas, ke vi jam pli bone fartas. Baldaŭ vi ricevos politikan azilon – diris Silvie.

-Kiel fartas la bebo? – demandis Emil.

-Mi kaj ĝi bonege fartas.

Silvie eksidis sur seĝon ĉe la lito. La sunradioj lumigis ŝin. Nun ŝi surhavis belan ruĝan robon sen manikoj. Ŝia densa oreca hararo kovris ŝiajn ŝultrojn. Ŝia vizaĝo brilis kaj ŝiaj helbluaj okuloj ridetis.

-Morgaŭ mi denove venos – diris Silvie.

Ŝi ekstaris kaj foriris.

Emil restis sola en la silenta ĉambro. Li pensis pri Silvie kaj pri la infano, kiu baldaŭ naskiĝos.

La 6-an de novembro 2020

PRI LA AŬTORO

Julian Modest naskiĝis en Sofio, Bulgario. En 1977 li finis bulgaran filologion en Sofia Universitato "Sankta Kliment Ohridski", kie en 1973 li komencis lerni Esperanton. Jam en la universitato li aperigis Esperantajn artikolojn kaj poemojn en revuo "Bulgara Esperantisto".

De 1977 ĝis 1985 li loĝis en Budapeŝto, kie li edziĝis al hungara esperantistino. Tie aperis liaj unuaj Esperantaj noveloj. En Budapeŝto Julian Modest aktive kontribuis al diversaj Esperanto-revuoj per noveloj, recenzoj kaj artikoloj. Tie li estis membro de la Asocio de Junaj Hungaraj Verkistoj. De 1986 ĝis 1992 Julian Modest estis lektoro pri Esperanto en Sofia Universitato "Sankta Kliment Ohridski", kie li instruis la lingvon, originalan Esperanto-literaturon kaj historion de Esperanto-movado. De 1985 ĝis 1988 li estis ĉefredaktoro de la eldonejo de Bulgara Esperantista Asocio. En 1992-1993 li estis prezidanto de Bulgara Esperanto-Asocio.

Julian Modest estas la aŭtoro de jenaj Esperantaj verkoj:

1. "Ni vivos!" – dokumenta dramo pri Lidia Zamenhof. Eld.: Hungara Esperanto-Asocio, Budapeŝto, 1983.
2. "La Ora Pozidono" – romano. Eld.: Hungara Esperanto-Asocio, Budapeŝto, 1984.
3. "Maja pluvo" – romano. Eld.: "Fonto", Chapeco, Brazilo, 1984.
4. "D-ro Braun vivas en ni". Enhavas la dramon "D-ro Braun vivas en ni" kaj la komedion "La kripto". Eld.: Hungara Esperanto-Asocio, Budapeŝto, 1987.
5. "Mistera lumo" – novelaro. Eld.: Hungara Esperanto-Asocio, Budapeŝto, 1987.

6. "Beletraj eseoj" – esearo. Eld.: Bulgara Esperantista Asocio, Sofio, 1987.

7. "Ni vivos!" – dokumenta dramo pri Lidia Zamenhof – grandformata gramofondisko. Eld.: "Balkanton", Sofio, 1987

8. "Sonĝe vagi" – novelaro. Eld.: Bulgara Esperanto-Asocio, Sofio, 1992.

9. "Invento de l' jarcento" – enhavas la komediojn "Invento de l' jarcento" kaj "Eŭropa firmao" kaj la dramojn "Pluvvespero", "Enŝteliĝi en la koron" kaj "Stela melodio". Eld.: Bulgara Esperanto-Asocio, Sofio, 1993.

10. "Literaturaj konfesoj" – esearo pri originala kaj tradukita Esperanto-literaturo. Eld.: Esperanto-societo "Radio", Pazarĝik, 2000.

11. "La fermata konko" – novelaro. Eld.: Al-fab-et-o, Skovde, Svedio, 2001.

12. "Bela sonĝo" – novelaro, dulingva Esperanta kaj korea. Eld.: "Deoksu" Seulo, Suda Koreujo, 2007.

13. "Mara Stelo" – novelaro. Eld.: "Impeto" – Moskvo, 2013

14. "La viro el la pasinteco" – novelaro, esperantlingva. Eldonejo DEC, Kroatio, 2016, dua eldono 2018.

15. "Dancanta kun ŝarkoj" – originala novelaro, eld.: Dokumenta Esperanto-Centro, Kroatio, redaktoro: Josip Pleadin, 2018

16. "La Enigma trezoro" – originala romano por adoleskuloj, eld.: Dokumenta Esperanto-Centro, Kroatio, redaktoro: Josip Pleadin, 2018

17. "Averto pri murdo" – originala krimromano, eld.: Eldonejo "Espero", Peter Balaz, Slovakio, 2018

18. "Murdo en la parko" – originala krimromano, eld.: Eldonejo "Libera", Lode Van de Velde, Belgio, 2018

19. "Serenaj matenoj" – originala krimromano, eld.: Eldonejo "Libera", Lode Van de Velde, Belgio, 2018

20. "Amo kaj malamo" – originala krimromano, eld.: Eldonejo "Libera", Lode Van de Velde, Belgio, 2019

21. "Ĉasisto de sonĝoj" – originala novelaro, eld.: Eldonejo "Libera", Lode Van de Velde, Belgio, 2019

22. "Ne serĉu la murdiston" – originala krimromano, eld.: Eldonejo "Libera", Lode Van de Velde, Belgio, 2020

23. "Ne forgesu mian voĉon" – 2 noveloj, eld.: Eldonejo "Libera", Lode Van de Velde, Belgio, 2020

24. "Tra la padoj de la vivo" – originala romano, eld.: Eldonejo "Libera", Lode Van de Velde, Belgio, 2020

25. "La aventuroj de Jombor kaj Miki" – infanlibro, originale verkita en Esperanto, eld.: Dokumenta Esperanto-Centro, Kroatio, redaktoro: Josip Pleadin, 2020

26. "Sekreta taglibro" – historia romano, eld.: Eldonejo "Libera", Lode Van de Velde, Belgio, 2020

Julian Modest ofte prelegas pri la originala Esperanto-literaturo. Li estas aŭtoro de pluraj recenzoj kaj studoj pri Esperanto-libroj kaj Esperanto-verkistoj.

Plurajn novelojn de Julian Modest el Esperanto kaj el la bulgara lingvo oni tradukis en diversajn lingvojn, albanan, anglan, hungaran, japanan, korean, kroatan, makedonan, rusan, ukrainan k. a.

Nuntempe li estas unu el la plej famaj bulgarlingvaj verkistoj. Liaj noveloj aperas en diversaj bulgarlingvaj revuoj kaj ĵurnaloj. Pluraj liaj noveloj bulgaraj kaj Esperantaj estas en interreto.

Liaj rakontoj, eseoj kaj artikoloj aperis en diversaj revuoj "Hungara Vivo", "Budapeŝta Informilo", "Literatura

Foiro", "Fonto", "Monato", "Beletra Almanako", "La Ondo de Esperanto", "Zagreba Esperantisto" kaj aliaj.

Nun Julian Modest estas ĉefredaktoro de revuo "Bulgara Esperantisto". Oni ofte intervjuas lin en bulgaraj ĵurnaloj kaj en diversaj radiaj kaj televiziaj stacioj, en kiuj li parolas pri originala kaj tradukita Esperanta literaturo. Li redaktis plurajn Esperantajn kaj bulgarlingvajn librojn. Julian Modest estas membro de Bulgara Verkista Asocio kaj Esperanta PEN-klubo.

Lightning Source UK Ltd.
Milton Keynes UK
UKHW020833060223
416538UK00016B/1757